Nicolas de Crécy

Les amours d'un fantôme

d'un

en temps de guerre

Roman

Albin Michel

Les amours d'un fantôme

d'un

en temps de guerre

© 2018 Albin Michel
22, rue Huyghens, 75014 Paris
www.albin-michel.fr

Nicolas de Crécy

Les amours
d'un fantôme
en temps de guerre

Roman

Albin Michel

Chapitre I

Je suis jeune.

Quatre-vingt-neuf ans.

L'adolescence est toujours un cap difficile ; les boutons, le duvet sous les bras, les membres qui s'allongent. Toutes ces choses un peu dérangeantes qui poussent et qui font voir son propre corps sous un angle improbable.

Curieusement, à ce jour, je n'ai rien remarqué de cet ordre. Mon adolescence n'a peut-être pas encore débuté, et à dire vrai je ne m'en plains pas.

Cela dit, je ne me considère plus comme un enfant, même si je suis encore relativement petit. Pour gagner le respect de mes pairs, il me faudra grandir encore de trente pour cent au minimum.

C'est la norme.

Depuis soixante-dix ans je traîne sur les routes, plus exactement sur les autoroutes. Je n'ai rien trouvé de mieux. Il y a du passage, de la vitesse, un mouvement continuel. Les autoroutes qui traversent le Sud sont les plus agréables ; j'aime passer du temps dans les stations-service, respirer l'odeur du gasoil en profitant de l'ombre des pins parasols. C'est là que je trouve assez de quiétude pour tenir mon journal intime.

La nuit, lorsque je chemine en brume vaporeuse, j'aperçois furtivement les visages des automobilistes, éclairés comme des apparitions par la lumière de leur tableau de bord. Ils ont le regard résolu, à pleine vitesse vers une destination précise.

C'est dire à quel point ils me sont étrangers. Je ne serai jamais en capacité de conduire avec assurance vers une direction donnée. L'effet de ma jeunesse certainement, même si celle-ci est toute relative.

À ce jour, je n'ai pas su fixer mon regard sur un point vers lequel je pourrais me diriger sereinement.

Pourtant, cette destination existe, aussi précise dans ma mémoire que difficile à retrouver aujourd'hui : la grande maison.

En dépit de mon «manque d'expérience», comme disent ces ancêtres tout maigres à qui il faut faire la bise, j'ai beaucoup de choses à raconter. Depuis des années, je me les répète à moi-même, c'est l'oreille la plus attentive que j'aie trouvée.
Mais c'est triste.

Tout ce que j'ai vu, je peux le restituer. En images : je les convoque et elles apparaissent. C'est un principe magique, elles reviennent dans ma tête comme sur une toile de cinéma.
Pour les faire revenir à ma mémoire, il suffit quelquefois d'une odeur. L'odeur du vent dans les eucalyptus, par exemple.

Je revois les alentours de la maison, c'était au tout début du siècle – du XXe, bien sûr.

Je jouais au pied des arbres immenses, mes parents étaient quelque part dans la maison.

Des murs épais, des couloirs sombres, des recoins où se cacher ; c'est le minimum qu'on attende d'une maison familiale. Dehors, la lumière séchait les angles, la chaleur était démotivante.

Je passais du temps sur les tomettes rouges du sol de ma chambre, elles étaient fraîches, c'était agréable.

Une musique résonnait à toute heure depuis le salon du bas ; la propriétaire de cette demeure, qui y vivait seule, n'occupait que le rez-de-chaussée. Elle adorait ces airs d'opérettes dont plus personne ne se souvient aujourd'hui mais qui faisaient fureur à l'époque.

C'est dans cette maison que je suis né.

Cette maison ressemble à ce que ma mémoire en restitue aujourd'hui. Son architecture, comme son emplacement précis, reste cependant dans un brouillard épais.

C'était il y a presque un siècle, c'est peu pour un fantôme comme moi, mais c'est un temps long pour les hommes autant que pour les lieux : ils changent, se dégradent, se transforment ou disparaissent.

Quelle allure avait ma mère, quelle stature avait mon père ?

Il existe dans toutes les familles des photos oubliées que l'on redécouvre ; on y reconnaît ses parents jeunes portant des vêtements aujourd'hui démodés, on s'étonne de reconnaître son propre visage dans celui du bébé rubicond qui s'applique à mordre un jouet dans son berceau.
Ce plaisir n'est pas pour moi.
Les fantômes n'impriment pas la pellicule.

Je n'ai pas de photos de famille.

Je suis un petit fantôme domestique.

Fantôme domestique.

Il est entendu que le terme «domestique» ne décrit pas un état de larbin au service de je ne sais quelle famille bourgeoise, mais bien ma qualité de fantôme attaché à une maison, à un lieu. En l'occurrence au palais méditerranéen que je viens de décrire, mais également, par extension, à tous ces lieux qui ont façonné ma petite existence : la ferme en montagne, la maison cachée.

J'ai perdu la trace de mes parents très tôt, je n'avais pas quinze ans.

J'étais encore ce que l'on pourrait appeler un bébé fantôme, un bout de chiffon blanc moins large qu'un mouchoir. Trop léger encore pour contrôler la prise au vent, trop maladroit pour savoir comment me tenir. Je séchais sur une corde il me semble, mais je voulais bouger, voir des animaux, jouer avec l'ombre et la lumière.

Un soir, je me suis laissé porter par le mistral, j'ai vu une vallée, des lumières, la mer. J'ai croisé des animaux que je n'avais jamais vus auparavant, et quelques humains qui ont pris peur. Quelle maladresse…

Je n'aurais jamais dû m'échapper ce soir-là.

À mon retour, mes parents avaient disparu de la maison.
Je ne sais pas comment, ni pourquoi.
Je ne m'en souviens pas.

En revanche, la propriétaire était toujours là.

Dans la cuisine, en train de peler ses tomates. Elle vocalisait sur des airs d'opérettes en esquissant de ses grosses jambes des pas de danse involontairement étranges.

J'ai eu tort de me montrer à elle comme ça, tout à trac, mais j'étais tellement paniqué : n'avait-elle pas vu mes parents quelque part ?

La pauvre, elle n'avait certainement jamais croisé de fantôme.

Son cœur a lâché, et son corps, soudain beaucoup plus lourd, s'est étalé sur le sol en emportant dans sa chute la moitié de la vaisselle présente sur la table.

J'ai appris ce jour-là qu'il fallait toujours préparer les humains à nos apparitions, que les manifestations de l'au-delà doivent leur être présentées progressivement, en respectant certaines règles et, quand cela est possible, avec le concours pédagogique d'humains déjà initiés.

Si le protocole est respecté, alors ils acceptent de croire en tout – et en n'importe quoi d'ailleurs.

Je suis resté trois jours dans la maison vide. Je voyais des ombres furtives. J'avais peur. Nous sommes des fantômes, peut-être, mais les fantômes aussi ont peur du noir, surtout quand ils sont bébés. J'étais très inquiet à l'idée que la propriétaire ne se transforme à son tour en fantôme, mais en fantôme revanchard, qui serait venu me torturer pour l'éternité en me reprochant de l'avoir plongé dans les ténèbres.

Un soir enfin, Boris, le cousin de maman, est venu me chercher. J'étais heureux de le voir, malgré les traces de terre qui le maculaient. Mes parents m'avaient toujours dit qu'un fantôme honnête se doit d'être propre : d'un blanc irréprochable.
– Viens, mon pauvre chéri, on va s'occuper de toi, m'a-t-il dit.

Nous avons quitté la maison avant même que j'aie pu prendre conscience que je n'y reviendrais jamais. Je n'ai pas eu la présence d'esprit de la regarder une dernière fois.

Nous avons traversé le parc, la nuit était tiède, nos tissus claquaient dans le vent comme des capes de mousquetaire, flac flac.

Nous avons plané haut, le jour se levait et personne ne devait nous voir. J'ai un souvenir confus de cette journée, je me rappelle juste qu'à un moment nous nous sommes retrouvés en boule, dans une panière à linge sale. Que Boris s'est fait passer pour un drap, et moi pour un mouchoir. On nous a lavés, repassés, pliés.

Nous nous sommes échappés.

Nos déplacements, à toute allure contre le vent, devaient rester invisibles, inconnus de tous. Boris était méfiant, comme si nous étions traqués. Pourtant, personne sur nos traces ; je jetais des coups d'œil en arrière sans voir autre chose que les feuilles des arbres qui remuaient à notre passage.

– File tout droit ! Ne t'arrête pas comme ça à la moindre bestiole !

Quel dommage, il y avait tant de choses à découvrir ; des chemins serpentaient à l'infini, je pouvais discerner sous les arbres les ombres de renards et de biches qui bondissaient dans la forêt, presque aussi rapides au sol que nous l'étions dans les airs. J'aurais aimé les suivre, découvrir d'autres animaux, en savoir davantage sur cette vie qui foisonnait quelques mètres plus bas.

Mais je devais obéir. Je n'étais pas en mesure de contester l'autorité de Boris, qu'il ne manquait pas de me rappeler à chaque instant ; il se vantait de sa glorieuse carrière militaire, accomplie en qualité de fantôme de gradé – fantôme de capitaine d'infanterie, disait-il. Il s'était battu à l'arme blanche contre des spectres prussiens, avait démasqué des ectoplasmes espions, et, comme il me le racontait alors que nous passions un col enneigé, s'était illustré par de multiples actes héroïques qui lui avaient valu médailles et décorations.

Il avait gardé de cette époque un goût marqué pour la discipline, et je devais m'y conformer, sans autre forme de discussions.

Au soir, nous avons atterri dans un lieu étrange.

C'était en haute altitude. Il y avait ce vaste espace creusé sous la neige, dont le renflement extérieur, comme un large toit blanc, rendait l'ensemble invisible. À l'intérieur, des fantômes nombreux, de tous âges et de tous sexes (les fantômes sont comme les oiseaux, il faut une certaine expérience pour repérer leur genre au premier coup d'œil), virevoltaient dans un bruit d'étoffes froissées. Des feuilles de papier jaunies voletaient autour d'eux. Certains, un peu sales, installés derrière des pupitres, rédigeaient des phrases mystérieuses, d'autres passaient d'un endroit à l'autre en transportant toute sorte de matériel, à si grande vitesse qu'on les voyait à peine.

Ce spectacle fascinant me laissait cependant une sensation de tristesse. Boris avait bien senti mon désarroi, il m'avait réconforté de sa voix rassurante. Après s'être entretenu brièvement avec un fantôme plus pâle que la moyenne, qui avait un débit de parole si rapide que je n'avais rien pu comprendre de leur échange, Boris m'avait emmené dans une pièce attenante moins fréquentée, séparée par un mur de neige, pour que, disait-il, je puisse me reposer de mes émotions.

Je pensais alors que mes parents étaient quelque part dans ce grand igloo, que Boris allait les retrouver sans tarder, qu'ils apparaîtraient dans un instant.

Je pourrais enfin me blottir contre leur tissu blanc.

J'ai attendu longtemps.
Finalement, je me suis endormi sur le sol de glace.

Au matin, la lumière était froide.

J'entendais le remue-ménage dans la pièce voisine; les fantômes ne semblaient pas avoir dormi, en tout cas la plupart étaient à leurs postes depuis un moment déjà. Boris n'était pas en vue. Je parcourus la grande pièce à sa recherche sans que les fantômes ne prêtent attention à ma présence. Alors que je sortais de l'igloo, Boris, volant droit sur moi depuis un haut rocher voisin, me repoussa avec fermeté à l'intérieur.

– Blanc sur blanc, tu vas te perdre dans la neige, mon garçon!

– Où sont mes parents? Ils sont ici, j'en suis sûr! Pourquoi tu me les caches?

– Je ne te cache rien, je te demande juste un peu de patience. Tes parents sont en vacances. Ils vont revenir bientôt.

– En vacances? Où ça?

– Assez loin d'ici, en vérité, me répondit Boris, ils sont… en Écosse!

– En Écosse? Pourquoi ne m'ont-ils pas emmené avec eux?

– Ne t'inquiète pas, ils reviendront bientôt.

Un espoir venait apaiser la grande agitation dans laquelle je me trouvais.

Ils étaient en vacances. Je me demande aujourd'hui comment j'ai pu croire à cette fable que le pauvre Boris avait dû improviser pour me préserver de l'angoisse d'être abandonné. Au fond, je sentais bien qu'il se passait des choses graves: le comportement fébrile de tous ces fantômes, la tristesse que je décelais dans la voix de Boris… Tout cela aurait dû me mettre la puce à l'oreille. Mais voilà: cette idée que mes parents étaient en Écosse me réconfortait et je m'y suis tenu assez longtemps pour rester serein.

Je m'approchai de la pile de papiers qui sortaient de la presse des fantômes. Elle sentait l'encre et j'évitai de me salir en m'approchant trop. La phrase inscrite sur chaque feuille me trotta dans la tête la nuit suivante, elle s'inscrivait en lettres brillantes dans mes songes :

VIVRE LIBRE OU MOURIR

– Il faut partir ! cria Boris.

C'est ainsi qu'il me réveilla le lendemain. J'étais embrumé. Il faisait froid, le vent glacé pénétrait jusque dans la petite pièce où j'avais dormi. Je n'avais pas remarqué le tas de fantômes roulés en boule, balafrés d'encre, qui ronflaient à mes côtés.

– Pourquoi Vivre libre ou mourir ? demandai-je à Boris, qui parut alors désagréablement surpris. Pourquoi les gens ici écrivent-ils Vivre libre ou mourir ? Les fantômes ne meurent pas, que je sache !

– Tout ça, ce sont des histoires pour les grands, éluda Boris d'un revers de manche. Je t'expliquerai plus tard, tu auras tout le temps de comprendre quand tu auras pris un peu de bouteille…

Voilà une réponse que j'estimais stupide, mais en un sens il avait raison ; je devais attendre mon heure pour lui prouver qu'un bébé peut être apte à comprendre les histoires compliquées.

– Allez, lève-toi, nous partons !

– On retourne à la maison ? demandai-je naïvement.

– Tu vas aller dans une maison, oui, tu y seras bien au chaud, en attendant le retour de tes parents. Ne tardons pas !

J'étais triste de quitter l'igloo et tous ces fantômes bizarres. Ils me souhaitèrent bonne chance lorsque je passai le seuil de leur imprimerie gelée. Un petit fantôme discret souffla sur une des feuilles imprimées qui m'accompagna en voletant, laissant voir un second message :

LA DÉSOBÉISSANCE EST LE PLUS SAGE DES DEVOIRS

Nous survolâmes un pic aux arêtes vertigineuses, puis, en descendant – l'air était moins froid –, nous rasâmes à vive allure une vaste étendue neigeuse avant de fondre comme des obus vers un village.

– Tu vois cette petite maison là-bas, sur le chemin du haut ? me demanda Boris.

Je voyais en effet une maison, tout ce qu'il y avait de plus modeste, rien à voir en tout cas avec la belle maison qui m'avait vu naître.

– Tu vas hanter cette maison, mon garçon !

J'étais déçu. Hanter une maison médiocre ne correspondait pas à l'idée que je me faisais de ma condition.

– Comme tu l'imagines, me dit Boris, je ne vais pas te laisser seul pour tes débuts.

– Tu restes avec moi ?

– Je ne peux pas rester avec toi, mais tu gagnes au change ; je te laisse avec Lili.

– Lili ?

Lili était une ravissante petite fantôme, assez jeune elle aussi, bien que de quinze ans mon aînée.

Elle était faite d'une belle étoffe, de celle que l'on trouve plutôt en Orient. Elle était satinée, d'un blanc doux dont les ombres tiraient vers l'ocre.

Je me rappelle encore avec émotion combien elle sentait bon.

Lili hantait cette maison de village depuis quelques semaines, et de ce fait son expérience, validée par Boris, lui conférait le droit de s'occuper de ma formation. Bien qu'elle soit encore très jeune, la relation qu'elle instaura avec moi dès le départ avait un caractère maternel, alors qu'il était évident, pour ma part et dès le premier regard, que j'étais amoureux d'elle – amoureux comme peuvent l'être les grands. D'ailleurs ce sentiment, nouveau pour moi, me conforta dans l'idée que les bébés ont les idées plus larges qu'on ne l'imagine, et que l'amour travaille en profondeur, à peine né.

Nous résidions dans le grenier, comme cela est l'usage pour les fantômes de campagne. Il y avait partout des toiles d'araignées, fréquentées comme il se doit par des araignées, or, pour être franc, je les ai toujours eues en horreur. Ce n'est sans doute pas très valeureux de la part d'un fantôme, mais c'est ainsi que je suis fait. Cela amusait Lili, qui me faisait des farces en laissant grimper ces vilaines bêtes sur mon tissu.

Lili avait perdu ses parents, elle aussi. Elle ne voulait pas me dévoiler les circonstances de cette séparation, mais il était clair que cette similitude nous avait rapprochés. Je lui suggérai qu'ils étaient peut-être en vacances. Elle me rit au nez et cela me rendit triste pendant deux jours.

La classification de cette modeste demeure dans la catégorie des maisons hantées se justifiait par le fait qu'un grand-père s'y était pendu. Pas de trace de son fantôme pourtant, il avait peut-être déguerpi pour changer d'air, une vie passée là était bien suffisante. De toute façon, un mort ne fait pas obligatoirement un fantôme, même un pendu dans un grenier. Dans notre cas, après enquête, Lili avait découvert qu'aucun fantôme n'était apparu au décès du grand-père. Elle était d'avis que hanter cette maison n'était pas légitime, mais comme elle devait le respect aux anciens – à tous ces fantômes millénaires tout maigres qui décidaient de ce qui devait être hanté et ce qui ne devait pas l'être – elle avait préféré garder le résultat de son enquête pour elle.

Lili et moi étions à ce moment-là dans un épisode d'insouciance naïve. Ce fut une période précieuse mais courte, nous étions loin de nous douter des bouleversements qui nous attendaient. L'allégresse de Lili avait réussi à me faire oublier mes tourments, les journées étaient alors trop denses en émotions. Je ne pensais plus à mes parents, à l'exception de ce moment particulier, juste avant d'entrer dans le sommeil, où les images remontent sans que vous ne les ayez convoquées ; une partie de croquet, mon père maladroit, ma mère d'humeur joyeuse, le goûter (des cerises) qui nous attendait.

Au matin, tout était effacé, je me réveillais avant Lili pour avoir le temps d'admirer les lignes harmonieuses de son tissu avant que celui-ci ne s'envole dans tous les sens. Elle se levait toujours avec entrain et cela me réconciliait avec ce moment de la journée qui m'était souvent pénible, la bonne humeur matinale n'étant pas mon fort.

Lili s'appliquait à hanter cette maison avec bienveillance, sans effrayer ses habitants. Elle tenait ce caractère aimable de ses parents, qui connaissaient bien les humains pour avoir été souvent en contact avec certains d'entre eux lors de séances de spiritisme.

Pour autant, cette tradition n'était plus d'actualité, les messes noires ne faisant pas partie des habitudes du modeste foyer qui occupait les lieux. Il s'agissait d'une famille d'agriculteurs, de « fermiers », comme on disait à l'époque ; ils n'avaient pas de machines, pas de produits chimiques, pas d'investissements ni d'enjeux financiers. Leur patrimoine se résumait à une vache, Bernadette, à deux moutons jumeaux, Roger et Patrice, ainsi qu'à une chienne prénommée Boulette. Boulette était une petite bâtarde vigoureuse qui portait ce nom en *-ette* parce qu'elle raffolait des boulettes préparées par Jérémie, le fils de la maison. Boulette m'avait tout de suite tapé dans l'œil, avec sa bonne tête et ses yeux noisette. J'étais agacé par Jérémie qui, du haut de ses quinze ans, la frappait pour un oui ou pour un non. Marcelle, la dernière-née de cette famille, petite et pâle comme une feuille de calque, était plus attentionnée avec les animaux, sans pourtant se laisser aller à la moindre familiarité.

Deux enfants donc, peu diserts, très sales, mais cela n'est pas étonnant de la part d'êtres humains. Deux enfants que nous regardions, Lili et moi, avec mélancolie, parce qu'ils avaient le privilège d'avoir encore leurs parents.

Et même si notre jugement de fantômes bourgeois nous incitait à une certaine condescendance, tant les parents en question ne faisaient pas envie, nous considérions ceux-ci, malgré tout, comme l'incarnation de l'autorité.

La mère, grande et large, cheveux noirs en bataille, travaillait comme une forcenée dès l'aube et se couchait avec le soleil pour entrer sans délai dans un sommeil agité. Au réveil, elle battait son mari, un type grêle aux yeux clairs dont les tendances dépressives étaient manifestes. Il n'aimait pas grand-chose, à l'exception de sa vache Bernadette. Il ne parlait jamais à personne, sauf à ladite Bernadette, à qui il confiait ses secrets et, foi de fantôme, ses secrets n'avaient rien de particulièrement édifiants ; menus problèmes d'ordre technique, considérations météorologiques, et exceptionnellement quelques critiques biens senties contre sa femme lorsque celle-ci lui avait tordu les bras. Sa voix était rauque à cause des cigarettes faites maison éternellement collées à ses lèvres. Le tabac récolté séchait, pendu serré, dans la grange. Je n'avais pas compris tout de suite l'utilité de ces larges feuilles qui ressemblaient à des chauves-souris végétales. Lili, en les voyant, avait pensé à une armée de fantômes séchés, cela l'avait mise mal à l'aise. Mais il en fallait plus pour impressionner ma belle fantôme. Le grand cheval des voisins peut-être, parce que, curieusement, il l'avait *vue* et avait compris immédiatement qu'il s'agissait d'un spectre. Son hennissement déchirant avait alors fait trembler toute la vallée, Lili incluse.

Cela s'était déroulé quelques jours avant mon arrivée, et j'avais bien senti que cet épisode avait désarçonné Lili ; elle surveillait depuis lors les lieux qu'occupait le cheval afin de se tenir toujours le plus loin possible de lui. Cela la tourmentait assez pour avoir confondu, un jour de neige, un nuage de brume avec la silhouette de l'animal…

Nous étions des débutants, pas vraiment au fait de nos obligations de fantômes ; fallait-il faire des bruits de pas au grenier le soir venu ? Faire claquer notre étoffe au cœur de la nuit ? Ou carrément épouvanter les enfants en apparaissant au pied de leur lit lors d'un orage ? Lili laissait quelques indices discrets de notre présence, par acquis de conscience, mais elle ne voulait pas effrayer cette petite famille.

Cette prudence dans le rapport aux humains m'arrangeait bien. À l'époque, j'évitais de les fréquenter de trop près. En revanche, je sentais une véritable complicité avec cet autre être vivant dont le comportement m'attirait sans que je sache pourquoi : Boulette. C'était une chienne drôle et vive, ses yeux pétillants laissaient deviner une certaine ouverture d'esprit (dans les limites de sa condition animale, bien entendu).

J'avais du mal à réprimer mon désir de jouer avec elle. Lili était inquiète, je la soupçonnais d'avoir peur des chiens – ce qui est évidemment inavouable pour un fantôme. Je me faisais violence, en me retenant de lancer un bâton à Boulette, ou tout simplement de me montrer à elle. Il me revenait en mémoire l'arrêt cardiaque de la propriétaire de la maison dans laquelle j'étais né, lorsqu'elle avait découvert mon existence, et je craignais qu'un petit cœur de chien puisse être, lui aussi, sensible à l'effroi. C'est l'argument que me donna Lili pour que j'évite d'apparaître inconsidérément.

Elle n'avait pas tort. Cela dit, je reste persuadé qu'un animal, sans croyance religieuse et sans conscience de la mort, n'est sans doute pas exposé aux tourments que provoquent les manifestations de l'au-delà, étant incapable d'en définir la provenance.

Quelques semaines s'écoulèrent, j'étais heureux avec Lili. Nous nous promenions dans les sentiers de montagne creusés par les animaux des fermes voisines – vaches, chevaux et moutons, qui passaient une bonne partie de l'année dehors. Je découvrais toutes sortes de fleurs que je ne manquais pas d'offrir à Lili. Comme moi, elle était fascinée par la diversité de leurs couleurs. Elle faisait tenir les tiges dans les fibres de son tissu. Ainsi, elle ressemblait à un grand bouquet composé d'anthyllides, d'euphorbes petit-cyprès et de campanules fluettes, variétés que l'on trouvait facilement à cette altitude.

C'est à ce moment que j'ai commencé à aimer la lumière, à me sentir plus à l'aise dans les rayons multicolores que dans la pénombre, cette nuit éternelle à laquelle on nous cantonne généralement, nous autres les fantômes.

Alors que le soleil irisait les cimes, que celles-ci viraient au rose (je ne mens pas ; une infinité de nuances de rose, incroyables et magnifiques, c'était le moment parfait), je me décidai à dire à Lili combien je l'aimais ; cela la fit tellement rire que la moitié des fleurs tombèrent à terre. J'eus du mal à retenir mes larmes – je sais, un fantôme ne pleure pas, mais si l'on voulait trouver un équivalent, on pourrait dire que le fantôme devient soudainement humide et fragile, comme une éponge molle. C'est bien ce qui m'est arrivé ; si humide et si fragile que ma princesse dut me soutenir pour parvenir jusqu'à la maison et me mettre au chaud. Une gentiane des neiges était restée sur sa tête, accrochée tel un vestige de couronne florale : elle ne l'avait pas vue. Cette fleur était pour moi comme une petite victoire. La preuve discrète de mon amour pour Lili.

Malheureusement, je devais bien m'y résoudre, elle me prenait pour un bébé. Définitivement pour un bébé.

La douleur causée par l'absence de mes parents remonta à la surface, la peine fut double.

C'était stupide de ma part, je m'en aperçois aujourd'hui, mais j'ai fait la tête à Lili pendant près d'une semaine. Je ne lui adressais plus la parole et elle en était chagrinée. C'est ainsi que je me suis rapproché de Boulette, dans l'espoir de me consoler. Je me suis montré à elle : les chiens comprennent intuitivement les grandes peines des bébés, en tout cas c'est l'impression qu'ils donnent. Boulette ne fut pas impressionnée par mon apparition, fantôme ou pas, elle était trop heureuse que quelqu'un lui lance un bâton. Il faut dire qu'à l'époque et en ces lieux les distractions étaient rares, même pour une chienne. Au début, elle me tournait autour avec une telle excitation que cela en devenait dangereux : elle traversait mon tissu à vive allure ; fort heureusement, nous sommes irréels, sans quoi, tout à sa joie, elle m'aurait mis en pièces.

Dans un premier temps, Lili m'avait passé un savon, elle était furieuse que j'aie pu avoir l'idée de lui désobéir. Après quoi, rassurée par la bonne disposition de Boulette, toujours prête à lui faire la fête, elle s'était radoucie. Elle n'avait pas résisté au plaisir de jouer avec elle dans l'herbe haute.

Nous avions ainsi reconstitué une sorte de famille, un couple avec enfant. Boulette dormait avec nous au grenier et son appétence continuelle pour le jeu nous rendait joyeux.

Je pensais Lili heureuse. Cependant, comme moi, elle souffrait, mais en silence. Je me souviens de cette après-midi pluvieuse ; au cours du repas dominical de notre petite famille, dans une ambiance plutôt enjouée (ce qui était inhabituel), Lili manifesta une mauvaise humeur si pesante que cela m'intimida. Elle observait nos hôtes sans dire un mot, et plus ils riaient, plus sa colère était palpable. Par dépit, pour se venger de cette cellule familiale qui la ramenait à sa propre solitude, j'ai cru qu'elle allait jouer les spectres pour les faire tous mourir d'épouvante, en rang d'oignons.

Il n'en fut rien, par chance. Lili aurait amèrement regretté un tel geste, bien loin de sa nature pacifique.

Le soir même, elle me parlait de ses parents avec émotion. Des fantômes magnifiques ; sa mère était une grande dame, son père un monsieur infiniment respecté.

Ils avaient dû fuir.

– Fuir ?

– Comme tes parents, me répondit-elle, eux aussi ils ont dû fuir.

– Fuir ? Mais ils sont en vacances… En Écosse !

– Qui t'a dit ça ? me lança Lili.

– Boris… C'est Boris qui m'a dit qu'ils étaient en Écosse.

Elle me regarda tristement. Après une hésitation, elle me dit d'une voix douce :

– C'est la guerre. Est-ce que Boris te l'a dit ?

– La guerre ?

Chapitre II

Nous étions déjà au début d'un nouvel hiver.

Lili m'avait expliqué des choses d'adultes que j'avais eu de la difficulté à comprendre ; c'était la guerre chez les fantômes. Et c'était très compliqué : il y avait eu des alliances, des trahisons, des batailles diplomatiques perdues, des combats idéologiques et des règlements de comptes sanglants. Les parents de Lili s'étaient engagés dans une voie qui s'était révélée être un cul-de-sac, pour des raisons dont Lili n'avait pas pu saisir toutes les nuances. Elle n'avait pas su m'en dire plus sur cette situation complexe, mais ce qui était certain, c'est que ses parents avaient dû fuir du jour au lendemain, sans laisser de traces ni d'adresse, et que mes parents, sans que j'en aie eu le moindre soupçon, avaient pris le même chemin.

Nous attendions avec un espoir fébrile le retour de Boris, qui nous apporterait certainement des nouvelles fraîches du monde des adultes. Le temps passait à une allure insupportablement lente et, malgré l'enthousiasme toujours renouvelé de Boulette pour courir après son bâton, nous étions, Lili et moi, plutôt moroses. Je proposai de retourner vers les cimes enneigées qui abritaient l'igloo, mais Lili m'en dissuada ; nous devions rester à notre poste.

Après deux semaines, Boris arriva enfin.
Mais il rechignait à répondre à nos questions. Boris pensait, comme beaucoup de ses contemporains éduqués au XVIIIe siècle, que moins les enfants en savent, mieux ils se portent.

Lili et moi avons insisté avec tant d'énergie que Boris s'exprima enfin :

— Mes chers petits, vous devez d'abord savoir de quelle manière exactement naissent les fantômes ; vos parents ne sont qu'à moitié responsables de votre existence. C'est une chose que l'on n'apprend pas aux bébés fantômes : on leur dit qu'ils sont nés au sein d'une famille, comme cela se passe chez les humains. Or la vérité est ailleurs, une vérité que les humains connaissent : les spectres sont le résultat de l'émanation d'un défunt. C'est ainsi : nous sommes, *vous êtes*, l'émanation d'un mort. La décantation, l'essence ultime d'un dernier souffle.

J'en frissonnai. Moi, émanation d'un défunt ? Voilà une nouvelle qui passait mal, je connaissais le principe pour les spectres malfaisants, mais je ne me sentais pas apte à figurer dans cette catégorie. D'ailleurs, je n'avais aucun souvenir d'avoir été autre chose que moi-même…

— Cela dit, contrairement à ce que croient les hommes, continua Boris, le fantôme-émanation se développe de manière singulière : les défunts se décantent sous la forme de petits fils blancs qui voguent à l'intérieur d'une bourse spectrale. Une fois mis au monde, lors d'un accouchement limbique, ils vont se lier les uns aux autres, et grandir pour former un minuscule bout de tissu. Celui-ci sera recueilli par un couple de fantômes adultes, âgés d'au moins deux siècles, qui sont comme deux mamelles, et suffisamment aguerris pour éduquer la petite chose et la faire grandir en un beau drap blanc… Le principe de « parents » est donc juste, même si le terme de « parents adoptifs » serait plus approprié.

Adoptifs ou pas, mes parents sont mes parents, cela n'y changeait rien.

– Vous en savez assez maintenant pour que l'on aborde les problèmes dramatiques qui se déroulent en ce moment, reprit Boris. Comme vous l'imaginez, la plupart des humains refusent de mourir et, même si une majorité accepte son sort en tordant le nez, une frange se renfrogne pour l'éternité. Furieux de cette destinée fatale, ils nourrissent un dépit qui se transforme en haine. Cela donne des fantômes amers, nostalgiques de leur vie passée. Le phénomène n'est pas nouveau, mais avec la multiplication exponentielle des humains, qui génère autant de défunts, et donc de spectres, nous sommes arrivés aujourd'hui à une foule de destins contrariés, une armée de fantômes aigris.

– Mes parents ne sont pas comme ça ! s'exclama Lili.

– Non, bien sûr, ma chérie, ne t'inquiète pas pour tes parents… Tout comme le purin attire les mouches, le malaise existentiel de ces fantômes s'est cristallisé autour d'un mouvement politique qui nourrit leur désenchantement. Ce mouvement s'est construit peu à peu jusqu'à devenir une organisation puissante : le parti des Fantômes Acides ; ses instigateurs prônent le retour aux sources, ils clament que le peuple des fantômes a une origine géographique précise et donc une pureté originelle, pervertie depuis peu par l'arrivée de nouveaux spectres avilis et dangereux, résultat de défunts de basse extraction et de pays pauvres. C'est ainsi que se sont rassemblés, sous la bannière des FA (Fantômes Acides), tous les fantômes aigris et contrariés qui erraient en petits groupes, ruminant leur haine de tout ce qui ne leur ressemble pas.

– J'ai senti des ombres passer dans la maison de mes parents, dis-je, je suis sûr que c'étaient des Fantômes Acides !

– C'est possible, me répondit Boris avec un ton évasif, mais tu ne dois pas t'inquiéter pour tes parents…

– Ce sont les FA qui nous ont déclaré la guerre ? demanda Lili.

– Oui, ils font la guerre à tous ceux qui n'adhèrent pas à leur vision du monde. Il faut que vous appreniez à les reconnaître. Ils sont organisés en diverses factions. Un pouvoir politique en premier lieu, incarné par un spectre idéologue à la logorrhée fascinante, doctrinaire et criminelle. La guerre totale est son œuvre, et tient à son caractère délirant ; il a progressivement militarisé le parti des FA pour en faire une véritable armée, forte de plusieurs milliers de fantômes. Il est en haut de la pyramide, et celle-ci se divise en plusieurs niveaux de pouvoir : une police secrète, un corps d'élite, une milice – sans doute la plus à craindre –, et le même schéma se reproduit au sein de l'armée. Chacun se surveille, il y a des batailles internes, la haine appelle la haine, cette atmosphère délétère entraîne une concurrence dans la violence, et au final celle-ci s'exprime toujours contre les mêmes victimes…

– Est-ce qu'ils ont fait disparaître nos parents ? dis-je fébrilement.

Boris fit mine de ne pas entendre.

– Où sont-ils, ces Fantômes Acides ? Je n'en ai jamais vu !

– Ils prennent des formes différentes suivant leurs grades ou la faction à laquelle ils appartiennent. Certains ont des capes, d'autres des uniformes, la plupart sont gluants, avec le visage d'un défunt en ombre sur leur face. La milice est reconnaissable à ses longs manteaux de tissu noir, néanmoins certains d'entre eux sont en civil, difficiles à identifier. Ils sont comme une nuée sombre, un flot de raies assassines qui émaillent le territoire. Par chance, nous sommes dans une zone qu'ils contrôlent mais qu'ils ont choisi de laisser libre – même si cela ne durera pas.

Boris avait pris soin d'apporter son projecteur portatif à hologramme ectoplasmique, ainsi nous avons pu voir quelques images de ceux qui allaient être, dès lors, nos ennemis.

– Les enfants, écoutez-moi bien… Je vais vous confier un secret. Un immense secret! Mais vous devez me promettre de ne jamais le répéter à personne.

– À personne! Tu peux en être sûr! s'enthousiasma Lili.

– N'en parlez même pas à ceux qui vous paraissent dignes de confiance…

– Tu as notre parole de jeunes fantômes.

Boris hésita un instant, puis il nous confia, à voix basse:

– Nous sommes les Résistants, une organisation clandestine… L'igloo est l'une de nos bases arrière. Il y a plusieurs cellules, issues de toutes sortes de congrégations: des fantômes communistes, des fantômes réactionnaires, des fantômes apatrides, et beaucoup d'autres encore, mais nous sommes tous unis dans ce combat contre les Fantômes Acides. Nous imprimons tracts et journaux sur papier de glace, nous posons des bombes gelées qui cristallisent les tissus ennemis, nous interceptons des messages ectoplasmiques importants, aidons des prisonniers à s'échapper, et tant d'autres choses encore… Nous devons convaincre une majorité des fantômes de se joindre à notre cause, sans quoi nous finirons tous dans les geôles puantes que ces monstres ont construites à notre intention.

– Alors nos parents sont des Résistants? Des espions résistants? s'emporta Lili.

– En quelque sorte, répondit Boris.

– Nous devons combattre à leurs côtés! criai-je.

– Vous devez rester à votre poste, c'est-à-dire dans cette maison, fit Boris avec une expression de reproche bienveillant. Ce sera votre façon de combattre: en vous protégeant. Vous êtes l'avenir, vous ne devez pas vous exposer.

La porte du grenier s'ouvrit soudainement.

C'était Boulette ; langue pendante jusqu'au plancher, elle fonça vers nous, sauta sur Boris pour lui lécher généreusement la face. Je sentis venir l'incident diplomatique : Boris était irrité par notre compagnonnage avec un être vivant. Homme ou chien, c'était égal, nous n'avions pas à entretenir de relations avec une créature de chair et de sang, cela n'était pas dans l'ordre des choses. Avec l'aide de Lili, j'exfiltrai alors Boulette vers des cieux plus cléments, en l'occurrence dans sa niche au fond de la cour. Couchée, tête basse, elle me regardait avec anxiété : la question que sa nature de chien ne lui permettait pas de formuler par des mots irradiait son regard, et cela sans équivoque : « Vous ne partirez pas sans moi, n'est-ce pas ? »

À notre retour, Boris se tenait sur le seuil, prêt à reprendre la route. J'étais triste qu'il parte, le temps d'un soir il avait comblé le vide laissé par nos parents. Même si ses explications étaient restées vagues, un espoir était né malgré tout dans mon cœur de tissu, un espoir motivé par la découverte de ma propre ambition : à présent, je devais prendre en main ma destinée de petit fantôme, m'engager pour retrouver mes parents, c'était à moi de combattre ceux qui étaient responsables des dangers qui pesaient sur leurs têtes. Je savais que dans cette entreprise Lili serait la moitié qui me manquait, et que sa maturité me serait d'un grand secours.

— Je reviendrai dès que possible, dit Boris, je suis fier de vous, les enfants, vous êtes les vigies de cette zone, et à ce titre vous rendez un grand service à la Résistance.

Il restait là, hésitant.

– Les enfants…

D'un coup de manche, il éteignit la bougie.

– Je dois quand même vous en parler, parce que… Comment dire… Il se peut que vous soyez surpris par la tournure que vont prendre les événements.

Nous restions suspendus à sa parole.

– Notre rapport avec le monde des vivants est plus complexe qu'il n'y paraît : si nous sommes issus des humains, c'est l'histoire des humains qui suit de près la nôtre. Nous ne sommes en rien instigateurs ou responsables de cet état de fait. Nous le constatons, simplement. Cela fait quelques décennies seulement que nous l'avons compris ; ce qui était considéré par les anciens comme une série de coïncidences fortuites s'est révélé, après études sérieuses, comme l'expression irréfutable d'un effet miroir temporel : notre histoire et les événements qui la composent adviennent quelques années *avant* que des événements similaires ne se réalisent dans le monde des humains. À l'inverse de ce que la logique pourrait faire croire, mes enfants, l'histoire des fantômes précède l'histoire des humains.

Ce que Boris nous racontait là me paraissait abstrait et sans intérêt. Le sort des humains ne me concernait pas, et il me sembla que Lili avait le même avis sur la question. Pourtant, il avait pris un ton franchement solennel pour nous annoncer tout cela, un ton grandiloquent que j'avais trouvé alors exagéré, à la limite du ridicule.

C'est dire combien je me trompais…

La guerre des fantômes en était déjà au stade de l'Occupation et de la Résistance, alors que ce soir-là, dans le monde des humains, le calendrier qui pendait derrière la porte des toilettes indiquait, je m'en souviens comme si c'était hier, la date du 30 janvier 1933.

Boris était déjà reparti depuis plusieurs semaines, la vie à la ferme avait repris son cours et chaque jour je me lamentais d'être aussi inutile. Il ne se passait rien, pas de Fantômes Acides dans les parages, pas de mouvement, rien ! Malgré l'interdiction de Boris, nous devions partir combattre. Je tentai de convaincre Lili : nous aussi, malgré notre jeunesse, étions des Résistants ! Je lui rapportai la phrase que j'avais lue sur le tract que le petit fantôme de l'igloo m'avait laissé voir : « La désobéissance est le plus sage des devoirs ». Nos parents seraient fiers, pour une fois, de notre indiscipline. Lili, pensant à une entourloupe de ma part, me félicita d'avoir inventé une si jolie phrase. Elle semblait indécise. « Vivre libre ou mourir », lui dis-je. Elle changea alors d'attitude ; elle avait dû lire ce tract quelque part et cela validait mon premier argument sur la désobéissance ; s'il n'était pas de moi et qu'il venait d'une instance plus respectable, peut-être était-il valable…

Mais le lendemain, Lili était revenue sur son sentiment et refusait d'envisager tout départ.

– Combattre ? Mais pour aller où ? Quand ? Comment ? disait-elle.

Tant de pragmatisme me décourageait.

– Notre fougue nous guidera !

Lili n'avait plus l'air d'y croire. L'autre difficulté tenait à la promesse implicite que j'avais faite à Boulette : nous ne partirions pas sans elle. Et ça, je savais que ce serait compliqué.

Il fallait donc tuer le temps en attendant de pouvoir agir. Un vieux jeu de tarot trouvé dans le grenier nous aidait dans cet exercice.

Ce soir-là, Lili tira une figure de Pendu qui, manifestement, la contraria. Sa réaction était étrange quand on y pense ; les fantômes superstitieux devraient être considérés comme des anomalies. Pour autant, cela faisait partie de son charme, en tout cas à mes yeux. Boulette jouait aussi, de façon canine, c'est-à-dire n'importe comment, en bavant sur les cartes. Cela irritait Lili, qui s'empara par télékinésie d'une chaise vermoulue, la fit danser dans l'air avant de la faire retomber sur Boulette. L'ambiance n'était pas à la fête ; nous ne supportions plus cette vie monacale imposée, mais il était plus regrettable encore de s'abstenir d'exercer les fonctions attachées à notre qualité de fantôme : nous n'avions pas le loisir d'épouvanter qui que ce soit, au moins pour passer le temps. Il m'était venu l'idée de me montrer en hurlant à toute la petite famille par un soir d'orage, histoire de décanter la situation… Seulement, après réflexion, une apparition spectrale aurait eu comme conséquence de faire de ce lieu une maison hantée. Or c'était stupide : aucun fantôme n'y étant apparu à la mort de son ancien propriétaire, cette ferme n'avait aucune raison d'être homologuée comme telle, nous n'avions donc rien à y faire. C'était mon ultime argument auprès de Lili et j'étais certain qu'elle y serait sensible. Néanmoins, ce qui la décida à partir fut d'une tout autre nature…

Je tirai la carte du Diable. Personnellement, ça ne me fit ni chaud ni froid. En revanche, à la vue de cette carte, Lili devint toute pâle.

C'est alors qu'un cri terrible déchira le silence de la nuit.

Je m'accrochai à Lili de toutes mes forces avant de m'apercevoir qu'elle était plus effrayée que moi encore. Rien de grave pourtant; il s'agissait seulement du hennissement du cheval des voisins. Un hennissement puissant, c'est certain, mais pas assez alarmant pour troubler le sommeil de la population locale.

Cet épisode décida Lili à lever le camp sans délai. Elle accepta même que Boulette vienne avec nous. J'étais décontenancé par ce brusque changement de cap, nous n'avions aucun plan de bataille dans nos cartons: dans quelle direction devions-nous partir? Par ailleurs, malgré mon désir de quitter la maison au plus vite, je me demandais avec inquiétude si le cheval n'avait pas henni aussi fort à la vue d'un Fantôme Acide. Il fallait vérifier cette hypothèse, ne serait-ce que par respect pour Boris qui nous avait chargés de surveiller la zone. Pâle et sans force à l'évocation du cheval, Lili refusa de m'accompagner.

La peur au ventre, pour ma première mission de Résistant, je lévitai discrètement quelques dizaines de mètres au-dessus de l'animal pour éviter qu'il ne m'aperçoive. Je restai ainsi près d'une heure, scrutant dans la nuit tous les détails de la nature environnante, jusqu'au moindre mouvement de feuilles. J'étais sur mes gardes; les Fantômes Acides sont dangereux, assurément, mais de quelle manière? Avec quelles armes? Par chance, rien ne bougeait. Pas un bruit, pas de trace de fantôme. Rien à signaler.

Ma première mission était réussie.

Un grand changement s'était opéré en moi. Un sentiment de fierté guidait dorénavant mes actions. J'avais grandi.

Je n'étais plus le petit fantôme domestique.
À présent, j'étais :

LE PETIT FANTÔME RÉSISTANT.

Il était temps de partir enfin, d'accompagner le soleil qui se levait.

Chapitre III

Partir, très bien, mais dans quelle direction?

– Nord-ouest!

Lili avait décidé, avec autorité. Nous parcourûmes à bonne vitesse plus d'une centaine de kilomètres en maintenant ce cap, avec Boulette en bandoulière qui tremblait de tout son corps. La pauvre petite n'était pas habituée à voyager dans les airs. Après un atterrissage acrobatique sur une herbe glissante, Lili pénétra sans hésiter dans une demeure austère, dont l'escalier extérieur à encorbellement et les tourelles décoratives ne laissaient aucun doute sur le statut social des propriétaires. Elle connaissait les lieux, et pour cause, elle les avait hantés avec ses parents. C'est d'ailleurs ici, dans le passage secret où nous nous trouvions – un escalier étroit en colimaçon qui reliait une chambre de l'étage à une porte discrète ouvrant sur le jardin –, que ses parents avaient disparu par une froide matinée d'automne.

– Si des indices existent, c'est ici que nous les trouverons, me dit Lili à voix basse.

Elle était émue, je le voyais bien. Cette maison ravivait sa détresse. Elle m'invita à ne pas me montrer, la demeure étant habitée par un vieux couple d'humains : des rentiers, particulièrement snobs, adeptes de spiritisme et toujours ravis de voir apparaître des spectres.

– Mes parents leur ont souvent fait plaisir, me dit Lili, en se présentant à eux sous leur jour le plus folklorique au cours de messes noires de pacotille. Mais pour nous, la discrétion s'impose!

Avec mon aide, elle passa la maison au peigne fin pendant que Boulette se rendait dans la cuisine pour inspecter tout ce qui était mangeable. À cette heure-là, les propriétaires dormaient, poings fermés sous leur lourde couette brodée d'angelots.

C'est sous leur lit que je trouvai un petit bout de tissu blanc effiloché. Lili pâlit quand je le lui montrai ; il s'agissait d'un morceau de son père.

Fébrile, elle s'infiltra dans les tiroirs de la commode rococo pour y remuer tout le fatras de gants, mouchoirs et toilettes diverses. Elle continua dans l'immense armoire en noyer, où les draps de soie volèrent en tous sens. Sans résultat probant. Lili décida alors d'interroger les propriétaires. J'étais inquiet du résultat possible en matière d'arrêt cardiaque ; le couple n'était pas de première jeunesse, et les fantômes qui apparaissent de manière plus ou moins prévisible au cours d'une messe noire ou subitement au réveil n'ont pas le même potentiel sur l'échelle de la frayeur provoquée.

C'est au moment où Lili s'approcha du visage gonflé de sommeil de la dame qu'un bruit de tissu se fit entendre ; il provenait du jardin. Nous avons volé vers la fenêtre pour découvrir en contrebas un fantôme fripé, jeune a priori, presque jaune. Il semblait sortir directement d'une poubelle. Il était tapi sous un arbre, apeuré. Boulette aboyait avec insistance depuis la cuisine. Mais avant que nous ayons commencé à descendre vers le jardin, une ombre glaciale nous stoppa net : un fantôme immense vêtu de noir s'avançait lentement vers le jeune spectre. Celui-ci, incapable de la moindre réaction, regardait fixement devant lui, anesthésié par la peur.

Nous ne pouvions imaginer la violence de ce qui allait suivre ; le Fantôme Acide trancha le tissu de la gorge du petit spectre. Comme dans un songe, sans bruit, le geste fut si soudain et parut en même temps si lent que je le revois encore aujourd'hui comme s'il se déroulait au ralenti. Le petit spectre sembla se dégonfler de l'intérieur, comme par implosion.

Boulette, effrayée, aboyait en reculant à la vue de ce fantôme monstrueux, ce qui eut pour effet de réveiller les propriétaires du lieu. À notre vitesse d'envol maximale, attrapant Boulette au passage, nous avons fui, en ligne droite vers le nord avant d'être hors de portée. Il me sembla entendre un cri d'épouvante, sans en être absolument certain ; peut-être le Fantôme Acide s'était-il montré au vieux couple dans toute son effroyable laideur. Nous ne le saurons jamais. Nous n'avions qu'une seule idée : fuir. Les immeubles défilaient sous nos yeux, nous survolions la ville sans y prêter attention, trop absorbés par cette scène funeste à laquelle nous venions d'assister. Quel crime ce pauvre petit fantôme avait-il pu commettre ? Quelle conduite mérite une punition si lourde ? Je jetai un coup d'œil à Lili, elle était en larmes : elle tenait le petit bout de tissu de son père fermement serré contre son cœur et me suivait sans même savoir où nous allions. Un nuage sombre, que je confondis un instant avec un Fantôme Acide, me causa une telle peur que je piquai vers la première fenêtre ouverte, à l'étage supérieur d'une grande bâtisse. Lili et moi glissâmes à pleine vitesse sur le parquet en traversant deux ou trois murs épais, tandis que Boulette, en sa qualité d'être de chair et d'os, s'abîmait sur le premier. Rien de grave, heureusement. Elle se releva en un seul morceau, ravie de sa course, avant de nous rejoindre avec entrain.

Nous nous trouvions dans une vaste pièce, sans meubles, au plancher soigneusement ciré. De grandes images pendaient aux murs, enserrées dans des cadres dorés.
Un petit fantôme plat composé d'une étoffe fastueuse figurait dans le tableau qui se trouvait juste devant moi.

La toile laissait apparaître un homme, dont l'expression était difficile à déchiffrer : quelque part entre la soumission, la terreur et la joie. Son visage était tourné vers le petit spectre plat à tête humaine, dont l'allure me fit reculer de quelques mètres. Il était bizarre, ce petit fantôme, assurément. Lili se mit à rire et je la trouvai bien malavisée ; nous ne connaissions ni les variétés de Fantômes Acides ni la forme sous laquelle ils pouvaient se manifester.

– C'est une apparition de la Vierge, voyons ! me fit Lili du haut des quelques années qu'elle avait de plus que moi. Tu n'en as encore jamais vu ?

Non, je n'en avais jamais vu. J'étais vexé de mon ignorance, que je fis payer à Lili en cessant ostensiblement de lui adresser la parole. Résolution difficile à tenir, une foule de questions me traversant l'esprit ; la dizaine d'images réunies dans cette pièce étaient toutes plus intrigantes les unes que les autres.

C'est alors que Boulette se mit à aboyer en fixant les boiseries décoratives des murs : un gros spectre blafard apparut lentement. Nous ne l'avions pas senti venir.

Il avança dans notre direction, son tissu claquait en flottant dans l'air confiné du lieu. Boulette tenta d'en attraper l'extrémité d'un coup de gueule, avant de constater que le tissu était aussi insaisissable que l'écume d'une vague.

– Qui vous a laissés entrer, les enfants ? dit-il d'une voix plus fluette que celle à laquelle on aurait pu s'attendre.

Par bonheur, il ne s'agissait pas d'un Fantôme Acide. Il se présenta sans attendre, «Maurice», et déclina avec fierté sa qualité de spectre historien de l'art. Il ajouta qu'il s'agissait là d'une activité exceptionnelle pour un fantôme, et qu'il n'avait eu qu'un seul prédécesseur, fameux d'ailleurs : Barnabé le faussaire, célèbre pour avoir officié à l'abbatiale de Saint-Savin-sur-Gartempe au XIIIe siècle.

– Mais aujourd'hui, s'emporta-t-il, les fantômes sont aussi incultes que stupides et, pour le malheur de tous, l'art les laisse indifférents !

Sans avis sur la question, nous étions prêts à le croire. Il nous expliqua qu'il hantait avec jubilation le musée des Beaux-Arts de la cité dans laquelle nous nous trouvions. Il avait beaucoup appris de ses déambulations nocturnes dans les couloirs de l'institution, y décryptant les couches les plus anciennes des tableaux exposés à l'aide de son regard aux rayons X. Certaines découvertes l'avaient ainsi poussé à entrer en contact avec le directeur – un homme ouvert d'esprit qui n'était pas rétif à l'idée que les fantômes existent bel et bien –, afin de lui faire part de ses doutes. En l'occurrence, après un examen approfondi, une *Adoration des mages* attribuée au grand Rubens se révéla problématique : selon lui, il s'agissait au mieux d'un travail d'atelier du maître, au pire d'une copie habile.

Maurice était bavard et Lili ne l'écoutait plus, trop chamboulée à l'idée que son père avait peut-être été égorgé lui aussi, avec la même sauvagerie que le petit fantôme l'avait été.

Maurice remarqua le morceau de tissu que Lili tenait avec désespoir, et comprit rapidement ce qui était en jeu. Il s'approcha d'elle avec une réserve respectueuse.

– Je peux vous aider, dit-il.

Lili accepta de laisser Maurice examiner le tissu aux rayons X ; il put déterminer un génotype, ainsi qu'une datation.

– Es-tu certaine qu'il s'agit bien là d'un morceau de ton père ? demanda-t-il.

Ma princesse semblait perdue. Elle avait reconnu la trame caractéristique du tissu, son toucher doux et surtout son parfum. À ses yeux, il n'y avait pas d'hésitation possible.

– Ce bout de tissu n'appartient pas à ton père, affirma pourtant Maurice d'un ton sans équivoque.

Le cœur de Lili battait très fort, j'avais l'impression d'en entendre le rythme.

– Tu dois m'en dire un peu plus sur lui, mon enfant, si tu veux qu'on le retrouve, continua Maurice.

Elle fondit en larmes. Elle raconta avec précipitation l'histoire de ses parents : la disparition, les activités secrètes. D'une voix hachée par les sanglots, elle parla des accusations d'espionnage, de la guerre, du monstrueux Fantôme Acide.

– Ne pleure pas ainsi ! Tu me fais de la peine.

Maurice était ému. Lui aussi était au bord des larmes ; malgré ses qualités de scientifique, il avait une âme sensible. Rien pour lui n'était plus injuste, nous dit-il, que de voir une enfant pleurer.

– Tu es épuisée, ma pauvre Lili, dit-il avant de nous inviter à rester quelque temps au sein de son royaume pour nous reposer. Nous sommes dans un haut lieu de culture, vous y serez protégés du chaos de la guerre. Vous vivrez ici comme prince et princesse, mes chers petits, entourés d'œuvres sublimes ! Et cessez de vous ronger les sangs pour vos parents, vous verrez, ils ne sont pas loin, j'en suis certain.

Maurice avait fait une grimace à l'instant où il avait compris que Boulette faisait partie de notre troupe.

Par chance, il était tolérant et il nous confia éprouver une certaine tendresse pour la gent canine en dépit de l'insondable bêtise qui la caractérisait. Je ne partageais pas son avis sur ce point, bien entendu, mais il n'était pas l'heure pour ce genre de débats.

Notre hôte profita de la journée qui suivit pour parfaire notre éducation artistique. Chaque tableau était pour nous l'occasion de découvertes stupéfiantes, et pour lui le moyen de s'enivrer de ses propres paroles. Ce qu'il nous révéla sur l'histoire des fantômes était pour le moins inattendu, bien que le caractère farfelu de sa théorie la rende sujette à caution. Néanmoins, je me demande aujourd'hui encore s'il n'avait pas touché alors des points essentiels, si ses élucubrations n'étaient pas proches d'une certaine vérité.

– Même s'il existe beaucoup d'œuvres antérieures, celles qui sont ici sont très intéressantes, commença Maurice en se tortillant devant les toiles de maître.

Il s'approcha d'une peinture dont je déchiffrai le titre et la date sur le cartel poussiéreux : « *Saint Thomas*, 1620 ».

– Alors, vous comprenez, les enfants ? Ça saute aux yeux, n'est-ce pas ?

Je regardai Lili, qui, comme moi, n'avait pas la moindre idée de ce que Maurice tentait de nous indiquer. La toile montrait un homme qui tenait une lance d'une main et de l'autre un livre épais. Il considérait l'espace à l'extérieur du cadre, comme étonné de ce qu'il y voyait. Cette fois, pas de petit spectre de Vierge à l'horizon. Maurice nous toisait avec un mélange de colère et de sollicitude.

– Vous êtes aveugles ?

Après un silence réprobateur, il reprit :

– Les fantômes ont toujours été des émanations virtuelles, qui n'existaient que dans l'esprit des hommes. Nos ancêtres n'étaient jamais visibles, parce que jamais figurés, jamais *apparus*. Présents depuis toujours, mais uniquement sous l'aspect hautement volatil d'un songe insaisissable, ils ont pris chair, si j'ose dire, ils ont pris *forme*, dans les plis cachés du talent des artistes…

Devant notre expression amorphe, Maurice continua sur un ton plus fougueux :

– Les artistes ont donné leur autonomie aux fantômes, leur autonomie *et* leur anatomie, ils les ont fait apparaître de manière précise et, de la sorte, leur ont donné une existence concrète. Cela dit, cette révélation apportée par l'art, les peintres en sont responsables, certainement, mais malgré eux ; c'est à travers les rituels religieux traduits sous des formes picturales que se sont manifestés les spectres, par la main involontaire des plus grands talents !

Pour être franc, je ne comprenais pas grand-chose à ce que Maurice racontait. Lili semblait plus réceptive.

– Tenez, s'emporta Maurice comme s'il était pris de fièvre, regardez bien de quelle manière la lumière ici vient soutenir mon propos !

Il s'approcha de la toile en décrivant le contour de la manche du personnage.

– Considérez ce que Vélasquez a mis inconsciemment en valeur : derrière ce portrait de saint Thomas, le plus sceptique des disciples, nous devinons le portrait de notre peuple ; dans l'architecture même de la manche, dans le mouvement de ce bras caché, se dévoile le drapé qui fait notre carnation.

Maurice avait raison !

Un fantôme net était bien là, présent sur la toile, Lili en était tout heureuse. Comment cela avait-il pu nous échapper ?

— La peinture est illusion, s'enthousiasmait Maurice, et nous sommes, nous autres les fantômes, la quintessence de l'illusion…

La plupart des toiles accrochées étaient explicites pour les initiés. Ainsi, grâce à Maurice, nous pouvions décrypter les grandes épopées de notre histoire. Des représentations discrètes de fantômes, il y en avait partout ; trois dans *Saint Mathieu et l'Ange* ; une autre dans *Le Porteur d'eau* ; ou encore celle-ci, à la forme parfaite, que l'on pouvait deviner dans le manteau d'un ivrogne du *Triomphe de Bacchus*.

— À cette période, la science du drapé n'était pas prise à la légère, poursuivait Maurice, un peintre était jugé à la qualité du rendu de l'étoffe. Regardez l'expressivité de ce fantôme abandonné : saint Mathieu d'un côté, l'ange de l'autre, la toge de chacun suggérant son fantôme, et voyez le troisième, jeté là comme un chiffon…

Cette figure du chiffon me donna un haut-le-cœur, elle évoquait sans détour le petit fantôme que nous avions vu se faire massacrer.

— Est-ce qu'il y avait déjà des Fantômes Acides à l'époque ? demanda Lili.

— Sans doute, mais d'un autre genre, lui répondit Maurice un peu agacé. Je vous parle là d'histoire de l'art, pas des soubresauts vulgaires de notre époque contemporaine.

— Vous en avez vu, par ici ?

— De quoi me parlez-vous donc ? De vos Fantômes Acides ?… Tout cela ne me concerne pas, sachez-le.

— Nous devons partir ! fit soudain Lili avec assurance.

— Partir ? Mais où veux-tu aller, ma petite ?

– Mon père est vivant, je dois le retrouver.

– Vous serez en grand danger si vous quittez cet endroit, vous n'avez aucun soutien à l'extérieur, croyez-moi, le plus sage est de rester ici.

– Nous sommes des combattants, répondit Lili avec une voix que je ne lui connaissais pas.

Maurice avait une mine désolée, il faisait de la peine. C'était un solitaire, cela se voyait, mais un solitaire triste, et notre présence lui réchauffait le cœur.

– Vivre libre ou mourir ! lança alors Lili à ma grande surprise.

Je ne m'attendais pas à ce qu'elle déclame un slogan dont elle se méfiait il y a peu de temps encore.

– Nous sommes jeunes, reprit-elle, nous ne voulons pas vivre enfermés et contraints. Nous sommes des Résistants !

Maurice restait planté devant Lili, qui avait levé le poing vers le ciel.

– Mirage… C'est un mirage, ma pauvre enfant, dit-il dans un filet de voix.

L'ordre de Boris, nous intimant de ne jamais parler de notre activité de Résistant à qui que ce soit, venait d'être enfreint. Terrible erreur. Je ne peux pas en vouloir à Lili pour cela, je n'en voudrai jamais à Lili, parce que je l'aime infiniment…

Il était temps de partir. Je cherchai Boulette des yeux, elle n'était pas là. Je laissai Lili et Maurice pour parcourir les autres pièces du musée à sa recherche. J'étais inquiet : elle ne s'était jamais aventurée seule plus de quelques minutes. Elle n'était pas dans la salle des sculptures, ni dans les toilettes, ni à l'accueil… Pas au grenier ni dans les caves. Je ne l'avais pas vue non plus dans le petit jardin.

Disparue.

J'inspectai alors l'intérieur des murs. Et là, surprise : un espace existait entre les murs porteurs et les boiseries décoratives de la salle d'exposition.

Il s'agissait d'une sorte de tunnel, que je longeai jusqu'à déboucher sur une pièce plus vaste : un espace secret, inaccessible aux humains. Là, à mon grand étonnement, je découvris une dizaine de peintures entreposées contre les murs, sous une bâche noire. La pénombre les rendait difficiles à discerner. Une chose était sûre, les scènes représentées étaient explicites pour qui étudie la culture des fantômes : sur la première toile, un grand paysage terreux avec deux petits personnages drapés de blanc, qui semblaient perdus. Sur la deuxième, on voyait des humains antiques offrir à d'autres humains antiques deux tuniques lumineuses, comme deux fantômes prêts à prendre vie. La troisième enfin montrait un humain cloué, couvert uniquement d'un drap au niveau de la culotte et, ma foi, aucun doute sur ce tissu mis en valeur par une lumière fantastique ; il s'agissait d'un des plus beaux spectres que j'avais eu l'occasion d'admirer.

Maurice était-il au courant de ces trésors cachés ? Alors que j'allais quitter la pièce pour le prévenir, je sentis s'amplifier les vibrations d'une présence nocive. Immédiatement, je me collai au plafond pour en épouser la forme et la couleur. De là, je vis apparaître à travers le mur, juste sous mon tissu, deux immondes Fantômes Acides. Ils étaient gluants et filandreux, d'une couleur glauque. L'un portait des insignes militaires, l'autre tenait un grand registre sous sa cape. J'assistai alors, liquéfié, à ce qui ressemblait au vol pur et simple des tableaux.

– *Paysage avec des carmélites* de Jan Both, *La Tunique de Joseph* de Vélasquez, *Christ en croix* de Zurbarán, détaillait l'un des Fantômes Acides en décrochant les toiles de leur cadre.

L'autre Fantôme notait consciencieusement le nom de chaque œuvre sur son registre, avant de les rouler avec soin et de les introduire dans des tubes en acier.

Sans réfléchir, je glissai entre les poutres du plafond pour filer à grande vitesse jusqu'à la galerie du musée. Maurice étant aussi lent qu'il était gras, j'étais certain qu'il n'avait pas bougé d'un pouce. En l'occurrence, je me trompais ; la salle était vide, pas de Maurice ni de Lili. C'est alors qu'une ombre noire se jeta sur moi, et avant que je puisse m'en défendre, je reçus une gifle humide : c'était Boulette, si heureuse de me voir qu'elle me léchait le visage avec frénésie. Elle avait trouvé une cuisine quelque part, je le sentais à son haleine.

– Où étais-tu passée, bon sang ?! J'ai bien cru que tu étais morte ! Où est Maurice ? Lili est avec lui ?

Évidemment, Boulette ne me répondit pas, mais ce que je lisais dans ses yeux n'était pas de nature à me rassurer. J'aperçus alors Maurice derrière une des fenêtres ouvertes sur le jardin et fonçai vers lui, mais ce n'était qu'un reflet sur la vitre : le vrai Maurice se trouvait exactement à l'opposé, dans la grande remise qui jouxtait le bâtiment principal. Je descendis d'une traite, quand, juste avant que j'en atteigne le seuil, je constatai qu'il n'était pas seul : un immense Fantôme Acide se tenait face à lui. Les deux voleurs de tableaux étaient là, tapis dans l'ombre. Comment étaient-ils arrivés ici aussi rapidement ? Je stoppai net pour me coller au mur extérieur. Ils allaient égorger Maurice, c'était certain. Je pensai avec effroi à Lili ; avait-elle réussi à s'échapper ?

– Il y a celui-ci également, disait Maurice, d'une voix calme et posée, il est affreux, je vous l'accorde, mais il a de la valeur. Moi, je ne peux plus le voir !

La teneur de ses propos m'échappait. Il tenait une petite peinture, modestement encadrée.

– *La Raie*, de James Ensor… Ce tableau est une insulte au bon goût, reprit-il après un silence qui se voulait éloquent, la thématique du fantôme est présente, d'accord, mais avec une touche si médiocre, quel gribouillage!

– Excellent! Plus ce tableau est grossier, plus il nous sera utile, lança le grand Fantôme Acide d'une voix granuleuse. Nous préparons une exposition au ministère de la Propagande culturelle pour montrer au peuple comment s'exprime la décadence.

Je n'écoutais plus, écœuré; je découvrais en Maurice l'incarnation de la duplicité: un traître… Un vendu!

Je devais retrouver Lili. J'avais confiance en son discernement, elle avait sans doute fui avant l'arrivée des FA. Boulette, museau tendu, se dirigeait vers le sous-sol. Je la suivis sans hésitation. Elle dévala de ses petites pattes l'escalier qui menait à la cave. Je la dépassai et là, posé sur le sol terreux, je vis un long tube d'acier que Boulette se mit à renifler en remuant la queue. Je l'éloignai d'un mouvement de manche pour me pencher sur le tube. En le touchant, je sentis une légère vibration. J'y collai mon oreille: je reconnus la voix, lointaine et assourdie, de Lili.

– Lili, tu m'entends, LILI? hurlai-je.

Elle pleurait, je ne comprenais pas ses propos. Je tentai alors de passer à travers le métal du tube, en vain : il s'agissait d'un alliage antifantôme. La masse qui le composait était si dense que le tube devait peser deux cents kilos. Impossible à déplacer. Je l'inspectai sous toutes les coutures en espérant trouver un moyen de l'ouvrir.

Je remarquai deux petits trous sur la courbure du métal, comme une morsure, que j'interprétai comme étant une possible serrure, minuscule sans doute, mais en cela d'autant plus inviolable. Je constatai qu'il n'y avait pas dans cette cave d'éléments assez fins – des aiguilles ou des brindilles extra fines – pour faire office de clefs. Ainsi, j'arrachai deux poils raides sur le dos de Boulette, que je m'acharnai à introduire dans les petits trous ; les poils se pliaient sans rien enclencher, et en dépit de mes efforts je n'obtins aucun résultat probant.

J'entendais les cris de Lili qui résonnaient du fond du tube et trahissaient sa panique. J'en avais mal au cœur. Après une dizaine de tentatives infructueuses, je me décidai à aller chercher cette satanée clef dans la poche même de l'ennemi.

Maurice, comme les FA avec qui il était en grande discussion, ne se doutait pas de ma présence : j'étais revenu dans la remise sous une forme difractée, fin comme une brume.

– Ce poste de directeur du musée d'Art classique me convient parfaitement, disait-il, échine pliée, obséquieux. Mais avez-vous parlé de ma proposition à votre supérieur ?

– Vous êtes présomptueux, lui répondit sèchement le grand Fantôme Acide. Pour un poste au ministère, vous savez comme moi qu'il faut venir du parti.

– Premier conseiller pour les arts, c'est tout ce que je demande…

– Assez ! Nous partons !

– Attendez, j'ai encore une chose qui peut vous intéresser, fit Maurice en montrant un petit instrument composé de deux brins de métal et que je j'identifiai immédiatement comme la fameuse clef. Une jeune Résistante, dit-il, fille d'un couple d'espions. Une belle prise, à double titre ! En la cuisinant, vous pourrez obtenir des informations précieuses… Et qui valent bien un poste de premier conseiller !

Maurice était plus ignoble encore que je n'aurais pu l'imaginer. Il ne faisait pas seulement commerce de tableaux, il était prêt à vendre aussi ses congénères. Sans réfléchir, je fonçai pour lui arracher la clef, mais en me recomposant je manquai ma cible, la clef tomba au sol avant que je ne puisse m'en saisir.

– Voilà le deuxième, j'en étais sûr ! cria Maurice, manifestement ravi.

Le grand Fantôme Acide se rua sur moi pour m'étouffer sous son tissu gluant qui puait la charogne.

Je réussis à lui échapper en glissant à travers le plancher. Ma petite taille me permit de filer entre les roches épaisses qui composaient le sol quinze mètres en dessous. Les Fantômes Acides, trop longs, trop larges, n'étaient pas en mesure de suivre à la même vitesse. Quant à Maurice, n'en parlons pas, il était obèse. Je ressortis quelques centaines de mètres plus loin, le long d'un arbre, pour me propulser ensuite au plus haut qu'il était possible ; en renouant avec la technique de diffraction, je me confondis dans un nuage.

Depuis cette altitude, la scène ressemblait à celle d'un théâtre miniature : le grand Fantôme Acide emportait le tube qui renfermait ma chère Lili. Il était accompagné par ses deux aides de camp chargés des tubes d'acier qui contenaient les toiles de maître. Ils grimpèrent dans une limousine noire en forme d'obus, avant de disparaître à la vitesse de la lumière pour une destination dont je ne savais rien.

Maurice n'était pas avec eux.

Jamais auparavant je n'avais éprouvé ce sentiment de nécessité brûlante qu'est la vengeance. Aucun individu avant Maurice n'avait éveillé en moi une telle sensation de haine : une émotion me gonflait les tissus au niveau de la gorge quand je pensais à Lili prisonnière de son tube d'acier. Je m'envolai alors sur le toit du musée, véritablement comme un éclair, avec autant de vitesse que de puissance. Je n'étais plus en mesure de sauver Lili, mais il était en mon pouvoir de détruire celui qui avait causé sa perte.

J'étais trois fois moins grand et dix fois moins lourd que Maurice, pourtant je savais que ce jour-là j'avais assez de force pour le réduire à néant, le rayer définitivement de la carte.

Maurice était dans la salle principale du musée.
En lambeaux, au sol, déchiré de toute part.

Les Fantômes Acides s'étaient occupés de lui.

Je passai plusieurs jours blotti contre Boulette, sans volonté, incapable de bouger. Collé à ses mamelles, j'essayais de ne penser à rien, je luttais pour que l'expression enjouée de Lili ne m'apparaisse pas en songe. Mais à chaque minute elle revenait à mes yeux, suivie par l'image de mes parents. Il allait me falloir beaucoup d'énergie pour reprendre ma petite existence, chargée avant l'heure de regrets, d'impuissance et de désespoir.

Le salut vint de Boulette : c'est elle qui me remit sur les rails, par son impatience. Elle était fatiguée de me voir moins vif qu'une feuille morte et, en dépit de la sollicitude qu'elle avait exprimée les premiers temps, elle exigeait maintenant que la vie reprenne, avec ses mouvements, ses jeux et ses défis : en premier lieu, elle imposa que je lui lance un bâton ou une balle.

Surmontant ma honte, je décidai de retrouver la trace de Boris. J'avais peur de sa réaction, parce que nous avions quitté notre poste à la ferme contre ses directives et, au-delà de la faute purement militaire (en tant que Résistant), cela remettait en question la confiance qu'il m'avait m'accordée.

Il n'y avait que deux endroits possibles pour retrouver Boris : la ferme et l'igloo. La ferme était plus proche et sans doute plus facile à trouver, l'itinéraire était encore frais dans ma mémoire.

Quelques kilomètres avant notre atterrissage, Boulette était déjà tout excitée à l'idée de retrouver cet environnement familier. Cependant, dès l'orée du bois, non loin de la ferme, l'image de Lili vint me tourmenter avec insistance, jusqu'à me vider littéralement de ma force.

Trop de souvenirs.

Impossible de revenir sur le lieu où je l'avais connue.

Boulette ne comprenait pas ; née ici, elle éprouvait une joie intense à l'approche de ce retour. Je l'ai attrapée par le col et nous avons survolé la ferme, qu'elle regardait avec des yeux mouillés.

Pas de trace de Boris, je filai plein sud vers les montagnes.

Sans neige, le paysage était méconnaissable. Il restait quelques névés le long des arêtes rocheuses et nous dûmes monter en altitude pour trouver du blanc. Plus haut, il n'y avait qu'une vaste surface de glace. Pourtant, l'igloo n'avait pas été creusé dans un glacier, je m'en souvenais parfaitement ; il était en aval, vers les reliefs moins accidentés de la vallée. Je planai en descente vers les espaces faiblement enneigés. Sans succès. Je continuai mes recherches dans la vallée suivante, et là enfin, à l'ombre d'une pointe rocheuse, je reconnus ce qui restait de l'igloo : rien. De l'herbe plate et des poches de neige sale entre les roches humides.

Aucune trace de l'imprimerie gelée, pas de fantômes à l'horizon, juste un silence comme seule la montagne peut en produire. Je me sentais d'autant plus seul, le lieu paraissait d'autant plus sinistre qu'il avait abrité, il y a peu, tant de vie et d'activité.

Je laissai Boulette à l'abri d'un sapin pour explorer les reliefs alentour, avec l'idée que les camarades résistants s'étaient sans doute repliés quelque part dans ces montagnes, cachés sous un tapis de végétation ou dans l'obscurité d'une caverne.

Après trois jours de recherches – inspectant chaque anfractuosité, chaque surplomb rocheux, sondant les tourbières –, épuisé, j'abandonnai.

Boulette m'attendait sagement. Je m'en voulais de l'avoir laissée seule aussi longtemps, mais elle ne m'en tint pas rigueur. Elle était heureuse de me voir à nouveau et me fit une fête tonitruante qui me réconcilia un instant avec l'existence.

Sentiment fugace.

Le soir même, Boulette en bandoulière, je rôdai sans but entre les cimes, sans piste précise pour retrouver la seule personne qui pouvait me sortir la tête de l'eau : Boris. J'allais dans une direction, puis dans une autre, pour finir par tourner lamentablement en rond. Boulette sentait mon désarroi sans pouvoir m'aider autrement qu'en me regardant avec une expression d'espoir respectueux. Elle surestimait mes capacités à nous tirer d'affaire et cela rajoutait à mon malaise.

La nuit venue, alors que nous dormions dans un abri de berger, j'entendis au-dehors un bruit de tissu : un Fantôme Acide gluant, visage de défunt fondu sur la face, volait à bas bruit sur le sentier en amont.

La peur avait disparu. J'étais porté par l'importance du combat que j'avais à mener. Saisissant une poutrelle rouillée qui traînait sur le sol, je vérifiai que le Fantôme Acide n'était pas accompagné de congénères avant de me jeter sur lui pour lui assener un coup de toute ma force sur le haut de sa tête hideuse.

Je pensais très fort à Lili, et pour donner de la vigueur au second coup, je pensai à Maurice, ce sale traître. La face du fantôme était déchirée. Il hurlait de douleur. J'enfonçai la poutrelle dans son dos, la faisant tourner pour déchirer le plus de tissu possible. Il fallait que je le neutralise au plus vite, le rapport de force et de taille n'étant pas à mon avantage. Ma victoire était proche, il était mal en point.

C'est alors que derrière moi, soudainement, je sentis les vibrations d'une force indéfinissable, qui me mirent hors d'état de nuire en moins d'une seconde. Avant de sombrer, je me souviens seulement des aboiements de Boulette et des petits dessins que formaient les cratères de la lune au loin.

La vie des fantômes est particulière en ceci qu'il n'est pas certain qu'elle existe. Cette réflexion, dans toute la complexité et les digressions qu'elle entraîne, occupa le plus clair du temps que je passai dans les limbes – les humains diraient le coma. Mon esprit dissociait chacun des moments que j'avais vécus par petites touches séparées les unes des autres dans le temps et dans l'espace, annulant ainsi toute continuité. Ce qui se déroulait n'avait plus de sens. Par chance, cela ne dura qu'une nuit, bien que ma sensation au réveil fût de sortir d'une véritable hibernation.

Il y avait de la lumière. Je distinguais en contrejour les silhouettes de grands fantômes.

Dans quel enfer étais-je tombé? L'enfer de la mort, ou celui que ne manqueraient pas de me faire subir les Fantômes Acides? Pourtant, le fantôme qui se tenait à mon chevet ne semblait pas trop acide, même s'il me regardait méchamment.

– Te voilà réveillé, pauvre imbécile, cria-t-il soudain, tu vas passer un sale quart d'heure, fais-moi confiance!

Un autre fantôme, fripé, se dirigea vers moi avec détermination pour me gifler, si violemment qu'un sifflement résonna dans ma tête pour le reste de la journée.

– Peigne-cul! lança-t-il avec un accent rocailleux. Tu as fait foirer toute l'opération! Tu n'as pas assez de nez pour reconnaître les nôtres?

– Laisse, Francis, tu vois bien que c'est un gosse, dit un troisième fantôme que je ne parvenais pas à distinguer dans la lumière aveuglante.

– Un gosse, peut-être, mais on ne sait pas d'où il sort, reprit le gifleur fripé, le plus prudent serait de le liquider!

– Arrête, tu exagères, je ne vois pas quel danger il peut représenter. S'il a attaqué ce qu'il croyait être un FA, il ne peut pas être un espion à leur solde.

J'étais parmi les Résistants! Je me jetai dans les bras du premier fantôme, qui reçut mes effusions assez sèchement en reculant de trois pas. Le troisième fantôme semblait plus compréhensif.

J'avais sérieusement blessé le jeune Joseph, un Résistant valeureux dont la mission consistait à infiltrer les FA qui s'approchaient de la zone protégée. On m'invita à son chevet afin que je lui présente mes excuses. Il s'était fait recoudre la face et le dos, et en effet il n'était pas beau à voir.

En dépit de sa bienveillance, je le sentais vexé d'avoir été taillé en pièces par un enfant. C'est sans doute pour cette raison qu'il me fit la leçon sur les qualités profondes des Résistants, en insistant sur le fait qu'ils n'attaquaient jamais par-derrière.

Il y avait là une foule de camarades, des machines à imprimer, des postes de radio, des cigarettes et des bérets. J'étais heureux, j'en avais oublié Boulette.

– Boulette ? Qu'avez-vous fait de Boulette ? m'écriai-je tout à coup.

– Tu n'as rien à faire avec un être vivant !

Je sursautai, la voix était grave ; elle émanait d'un grand fantôme à monocle qui se tenait sur le seuil, droit comme un parapluie fermé.

– Je ne sais pas comment tu en es arrivé à nouer contact avec ce genre de créature – un chien, c'est particulièrement dégradant –, en tout cas note bien, mon garçon, que si tu veux servir notre noble cause, tu dois oublier ces fréquentations contre nature !

Je restai interdit devant l'autorité de ce fantôme ; sa stature laissait peu de place à la discussion. Je lui adressai une excuse piteuse avant qu'il retourne dans la pénombre de son bureau où l'attendaient une dizaine de Résistants gradés et admiratifs, impatients de résoudre des problèmes de la plus haute importance stratégique.

J'étais au cœur de la Résistance : dans les arcanes secrets du quartier général, là où tout se décide. De l'eau, partout, nous cernait ; les lieux étaient organisés à flanc de montagne, à l'intérieur d'un réseau de grottes qui couraient sous un torrent. La musique des flots résonnait sur la roche et couvrait les sons émis ; les voix autant que les gestes étaient comme enrobés d'eau, les tissus s'alourdissaient.

Le fantôme qui s'occupait des radiofréquences m'indiqua où se trouvait Boulette.

Il fallait remonter le courant comme un saumon pour rejoindre l'extérieur, par une fissure dans la roche qui affleurait sous une vasque naturelle. Je vis enfin ma petite chienne. Elle était si triste que sa silhouette semblait s'être affaissée. C'est à peine si elle remua la queue en m'apercevant. Je lui grattai la tête en lui faisant des promesses que je n'étais pas certain de pouvoir tenir ; «je reviendrai bientôt, ne t'inquiète pas, attends-moi ici, tu seras une Résistante toi aussi, nous allons retrouver Lili»… Elle me regardait avec ses yeux si humides que je voyais mon reflet s'inscrire sur ses pupilles, l'espoir de toute sa vie d'animal perdu s'exprimait dans ce regard intense sur lequel j'étais surexposé. Ce même regard qui me suivit sans comprendre, quelques instants plus tard, alors que je plongeais à nouveau dans les tumultes du torrent pour rallier mes compagnons d'armes.

Le cœur gonflé, j'entrai directement dans le bureau du fantôme considérable afin de lui exposer mon plan : sauver Lili et rejoindre mes parents. Bien entendu, il me reçut défavorablement, outré par ma méconnaissance des usages militaire et par le caractère stratégiquement inutile de ma requête. Les gradés présents me considéraient avec une moue méprisante pour me faire comprendre combien leur temps était précieux, et que, en conséquence, le moment était venu pour moi de disparaître.
Cependant, à ma grande surprise, ainsi qu'à celle de cette assemblée hostile, l'immense Résistant se pencha vers moi pour me dire d'une voix sentencieuse :
– J'étais impulsif aussi, dans ma jeunesse. C'est là une qualité. Ton projet est irréaliste, à l'heure qu'il est personne ne peut sauver ta petite amie ou tes parents, mais il faut y croire, c'est une belle attitude…

J'étais hypnotisé par sa prestance.

– Mes chers camarades, reprit-il en embrassant un horizon imaginaire de son regard pénétrant, suivons tous cet exemple ! Nous serons libres parce que cela est le seul avenir acceptable, l'espoir nous guide, et l'espoir fait changer le cours des événements. Tout comme ce jeune et impétueux fantôme, chers compagnons de route, nous nous battrons pour la victoire !

L'instant était empreint d'une telle solennité que personne n'osa plus bouger ni émettre le moindre son. Le grand fantôme, ému de ses propres paroles, semblait presque fragile.

– Mettez cinq fantômes au service de ce petit jeune, dit-il en se ressaisissant, qu'ils l'aident et le secondent pour monter son réseau.

J'étais abasourdi. Les gradés aussi, qui me regardaient maintenant avec méchanceté. Bon sang, ils étaient jaloux – surtout le fripé qui m'avait giflé –, mais j'étais tellement fier.

Cette période douloureuse fut paradoxalement celle qui me permit d'exister. J'avais enfin un rôle, une force, un but. Je m'engageai de toute mon âme dans la Résistance, pour en devenir, en quelques mois, un membre important, et même si la postérité n'a pas retenu mes actions, que celles-ci se sont noyées dans la multitude des actes de chacun des nôtres, elles m'ont offert une dignité.

C'est à cette époque que l'offensive des Fantômes Acides fut la plus violente à notre encontre, avec des méthodes cinglantes : chantage, violence aveugle, mesures de rétorsion.

Le réseau secret auquel je participais comptait des fantômes très différents : des orphelins désorientés, d'anciens militants politiques de tous bords, de vieux trafiquants reconvertis, ou encore de simples fantômes de campagne dont personne ne pouvait soupçonner qu'ils appartenaient à une organisation de résistance. Nous avions construit le réseau « In-Ex », dont la mission consistait à *infiltrer* les lignes ennemies pour retrouver ceux des nôtres qui étaient tombés entre leurs griffes, afin d'*exfiltrer* ceux qui étaient encore en vie. Avec en ligne de mire, en ce qui me concernait, l'espoir de retrouver mes parents et de retrouver Lili. Ainsi, chacun de nous espérait revoir un proche.

Je dus me séparer de Boulette, son état de mammifère excluait toute possibilité qu'elle m'accompagne dans cette aventure résolument fantomatique.
Ce soir-là, la veille de mon départ, je la rejoignis au pied de l'arbre où elle avait élu domicile, à quelques mètres du torrent qui nous abritait. Elle s'était creusé un nid de terre et de feuilles, à l'abri du vent. Les chiens ont des antennes sensibles ; elle avait déjà compris que je devais la laisser à son sort. Son regard implorant me prit au dépourvu, je n'avais pas d'autre argument que de lui promettre nos futures retrouvailles, sans y croire vraiment.
Je filai à grande allure. J'étais gonflé de larmes.

Je garde en mémoire la silhouette de Boulette, que j'espérais tant ne pas voir pour la dernière fois.

Chapitre IV

Robinson avait mon âge, il était malicieux et robuste. Fait de tissu épais, il était issu du décès d'un moine officiant dans une congrégation austère. Comme il était courageux, il fut désigné pour m'accompagner – au grand dam de Joseph, le jeune fantôme que j'avais inconsidérément blessé et qui, depuis, ne parvenait pas à cacher son amertume d'avoir été ainsi écarté de l'action. Cela dit, l'invalidité de Joseph lui garantissait la vie sauve : nos projets étaient risqués et nous avions peu de chance d'en revenir. Pour ma part, je n'avais plus rien à perdre, ou, pour être plus précis, plus *personne* à perdre. Robinson, quant à lui, avait un esprit aventureux ; il était prêt, pour tester ses limites, à mettre son existence en jeu. Il prenait tout avec désinvolture et ce moment où nous nous sommes travestis ressemblait à un joyeux bal masqué. Le grand Résistant au monocle surveillait l'opération de près ; une fois que nous fûmes prêts, il sembla déstabilisé par le réalisme de notre déguisement. Nous avions exactement l'aspect de nos ennemis : l'esquisse du visage d'un mort sur la face, le drap gluant, les yeux rougis.
Et tout l'espoir de nos camarades entre les mains.

Une fois dépassée la ligne imaginaire qui séparait la zone libre de la zone occupée, Robinson était moins à l'aise, je voyais bien qu'il serrait les fesses. Un brouillard plus épais que la nuit nous obligeait à la prudence, nous nous tenions par le tissu pour éviter de nous perdre.
Robinson tremblait, moi aussi en vérité, c'est un comble pour des fantômes. Autour de nous résonnaient des vibrations lugubres qui nous soulevaient le cœur. Nous étions bien en territoire ennemi ; la puissance d'aigreur se révélait jusque dans l'épaisseur de l'air chargé en particules de pourriture.

Des lumières rouges apparurent au loin. Nous approchions d'une ville.

Une semaine s'était écoulée depuis notre arrivée en terres ennemies et nous étions déjà, Robinson et moi, engagés dans les Jeunesses FA. Nos déguisements ne nous avaient pas trahis, les Fantômes Acides n'y avaient vu que du feu. Tout ce que le territoire comptait de jeunes devait impérativement s'enrôler aux Jeunesses FA, sorte de camp paramilitaire. Seuls les plus faibles (tissus troués, dentelles faméliques) étaient dirigés vers la sortie pour être retirés de la vue du monde. Contrairement à ce que nous avions imaginé, tout était propre, les tissus étaient impeccables, les jeunes fantômes étaient repassés et sentaient l'assouplissant. Une joie saine semblait envelopper les activités qui nous occupaient. Les vibrations de puanteur étaient diffuses, difficiles à cerner, mais elles étaient bien présentes, même si le temps passé à proximité parvenait à les faire oublier. Nous étions encadrés par des Fantômes Acides blond-jaune, que Robinson trouvait d'ailleurs sympathiques, et qui nous enseignaient la haine par le jeu ; activités physiques, camaraderie virile, célébration de la beauté et de la pureté héritées de notre ascendance. Nous avions un ennemi commun, disaient-ils, qui voulait notre perte, la fin de nos valeurs. Nous formions une entité indivisible, disaient-ils encore, nous avions la raison et l'Histoire avec nous. Il était de notre devoir de détruire cet ennemi, et de détruire tout ce qui pourrait nuire à l'intégrité de notre peuple.

Robinson était enthousiaste, je n'étais pas certain que cela était feint ; il grimpa les échelons rapidement, ce qui m'obligea à faire un effort pour éviter que la distance entre nous ne se creuse trop vite. Il avait déjà intégré le corps d'élite des Jeunesses FA alors que je me trouvais encore au stade des Estimables et Méritants.

Un coup de cravache reçu en pleine face pour un manquement mineur me fit prendre conscience que la réussite de ma mission valait bien que je joue le zèle.

Ainsi, par une duplicité de haut vol, j'accédai en moins de trois semaines à la tête du corps d'élite de la section locale des Jeunesses FA.

L'opportunité de mieux contrôler Robinson, en lui rappelant – avec la plus grande prudence, chacun ici étant écouté secrètement par l'autre, chaque sourire cachant une potentielle dénonciation – qu'il était là en tant qu'espion et qu'il paraissait ne plus en être tout à fait conscient. Robinson me fit remarquer qu'en matière de fausse allégeance à l'ennemi j'étais allé plus loin que lui, mon grade en témoignait. Je repris confiance, le tenant à nouveau dans la confidence de mes projets. Le moment était venu de nous approcher de manière concrète des portes de l'enfer.

L'occasion se présenta lors d'une conférence donnée par une figure incontournable du parti. Maréchal de son état, ce fantôme boiteux et particulièrement acide était par ailleurs chef de la publicité du mouvement des FA, présent dès l'origine aux côtés des fondateurs et proche conseiller du chef suprême. Comme tous les hommes de pouvoir, il était sensible aux flatteries, c'est pourquoi celles dont je l'abreuvai m'apportèrent sa considération immédiate : je fus engagé comme aide de camp, Robinson comme second.

Dès lors, nous fûmes de tous les déplacements, au plus proche de l'information. En soi, il s'agissait de la réussite éclatante d'une infiltration au cœur de l'appareil. Si mes parents avaient pu me voir ainsi me débrouiller, ils auraient été fiers de moi. À ce stade, je croyais fermement à la possibilité de les retrouver, je n'en avais pas perdu l'espoir.

C'est à ce moment que je suis passé à deux doigts de la catastrophe.

Revoir Lili, revoir mes parents, là était ma motivation première. Cependant, mon devoir de Résistant impliquait une hiérarchie de valeurs ; la défense de notre cause était plus importante que notre attachement à nos proches. Je devais donc, en premier lieu, partager avec mes camarades les informations d'importance que je détenais en ma qualité d'espion. C'est ainsi qu'au cours d'une nuit calme, profitant de la cuisine du campement dans lequel nous étions stationnés, je fis bouillir les lettres-nouilles que les spécialistes du renseignement connaissent bien : la première étape consistait à traduire les messages secrets en sublimation vaporeuse, avant de laisser cette vapeur rejoindre un nuage se déplaçant vers l'ouest, en espérant que celui-ci parcoure assez de distance pour se désagréger en pluie froide au-dessus des reliefs montagneux. Là, les gouttes récupérées délivraient leurs messages à mes camarades. En dépit de la nature aléatoire de cette technique, preuve avait été faite de son efficacité.

Les lettres étaient encore al dente, quand un lieutenant insomniaque apparut soudain, me demandant d'une voix niaise :

– Qu'est-ce que tu fabriques ? Ça a l'air marrant, je peux voir ?

Je masquai de ma manche les messages en lettres-nouilles. L'imbécile insistait et sa grande taille lui permit d'apercevoir une phrase qui lui tira un rire stupide. Après quoi, je constatai avec effroi qu'il commençait à réfléchir, malgré son allure passablement débile. Il s'agissait d'un FA des forces spéciales, je le reconnus à son insigne de AA, autrement dit c'était un Acide Aigri. C'étaient les pires ; sanguinaires, attachés aux basses œuvres, ivres de vengeance sociale, torturant les esprits instruits par dépit de leur propre ignorance, ils étaient l'instrument de terreur du pouvoir. Celui-ci me regardait avec insistance, réfléchir lui prenait du temps. Apparemment il avait compris quelque chose. Il constata mon grade et sembla réfléchir à nouveau.

J'étais tétanisé, je n'avais aucune idée de ce qu'il allait tenter. En tout état de cause, il estima qu'il ne pouvait pas m'attaquer frontalement s'il voulait respecter le protocole hiérarchique. C'est à ce moment-là que j'aurais dû lui jeter l'eau bouillante à la figure. Mais comme dans un mauvais rêve, je restai incapable du moindre mouvement.

Alors que je craignais qu'il ne me découpe d'un trait à l'aide du scalpel qu'il portait à la ceinture, l'AA finit par choisir la prudence en s'échappant pour me dénoncer au premier gradé venu, gradé qui se trouva être, par chance… Robinson.

Étrangement, au lieu de supprimer l'AA sans attendre, Robinson hésita longuement, agité par des pensées contradictoires. Quand enfin il se décida à sauter sur lui pour le déchirer, je sentis que le salut que je devais à Robinson me coûterait cher. J'eus dès lors le sentiment d'être seul dans la place. Mon intuition se précisa par la suite : la fascination que le maréchal exerçait sur Robinson était évidente. La notoriété considérable de cet ancien journaliste le précédait partout où nous nous rendions. La simplicité de ses discours enflammait ceux qui les écoutaient : en désignant des coupables, responsables de la perte de grandeur et de puissance de la nation, en proposant de s'unir pour mieux les combattre, il emportait l'adhésion fanatique de son auditoire. Selon lui, la vermine se trouvait partout, gangrénant la nation de l'intérieur comme de l'extérieur. En écoutant ses imprécations, la foule se sentait forte et utile, chacun y exprimait sa fureur et la perspective des batailles futures soudait les âmes. J'étais effrayé en constatant que Robinson, petit à petit, se laissait emporter par ces théories. Je voyais bien à quel point il avait envie d'en découdre, et la désignation d'ennemis fantasmés attisait son aversion de manière plus efficace que lorsqu'il faisait face à ses ennemis réels – en l'occurrence les FA.

Le danger imminent avait changé de visage ; c'était bien celui de Robinson qui m'apparaissait : je devais agir au plus vite avant qu'il ne me dénonce comme espion.

Je devais l'éliminer.
Mais comment faire ?
L'étouffer ? Avec quoi ?… Le déchirer ? Pas assez de force… L'empoisonner ?…
Par où commencer ?
D'ailleurs, un fantôme peut-il vraiment mourir ?

Je passai deux nuits sans dormir, le prix à payer sans doute pour une décision impossible à prendre sereinement. L'élimination préventive était-elle légitime ? À vrai dire, je n'en étais pas certain, mais je devais me fier à mes intuitions, et aucun tribunal de guerre n'était établi de toute façon à l'époque pour me mettre en face de mes responsabilités. Pour autant, je devais garder à l'esprit le fait que Robinson était une force de la nature. Je n'étais pas certain d'avoir les capacités physiques pour en venir à bout. La meilleure solution consistait donc à l'exfiltrer contre son gré, au plus vite.

La dernière nuit avant notre départ du campement, vers quatre heures du matin, j'envoyai un message vaporeux en lettres-nouilles, puis un second à six heures trente pour être sûr qu'un au moins arrive à destination ; je demandais le renfort de deux Résistants d'élite, des durs à cuire, de ceux que nous nommions les RR, les Résistants Résistants. Ce matin-là, les nuages étaient nombreux et laissaient présager une réponse rapide. Malheureusement, leur couleur allait virer au gris, pour finir par les nuances noires d'un orage violent, emportant mes messages en gouttes lourdes bien avant qu'ils soient parvenus à destination.

Je recommençai l'opération vaporeuse quelques minutes seulement avant que nous levions le camp, avec l'espoir que cette fois-ci les messages sublimés voyagent assez loin pour retomber au bon endroit.

Le lendemain, je croisai le maréchal, très excité, qui volait joyeusement d'un membre de son équipe à l'autre en donnant des ordres inutiles. On venait de l'informer des résultats d'une campagne qu'il avait lancée et dont les chiffres se révélaient excellents ; le massacre était d'une ampleur incontestable et la méthode efficace au-delà des prévisions.
Le maréchal m'estimait assez pour m'avoir invité, ou plutôt ordonné de participer en tant que secrétaire, à une réunion hautement confidentielle qui se tenait en petit comité. Pour mon malheur, Robinson fut réquisitionné lui aussi, en qualité d'assistant. Un ministre gluant, flanqué d'une volée de AA haineux, me regarda de travers au moment où j'entrai dans le compartiment du train hanté qui tenait lieu de salle de réunion. Pour le coup, ce ministre ne m'avait pas du tout à la bonne et considérait que je n'étais pas fiable : trop jeune, sorti de nulle part, sans référence.
Le maréchal balaya les arguments du ministre, l'étendue de son pouvoir était apparemment plus importante que celle d'un responsable politique influent. Il en profita pour inciter ce dernier à suivre son exemple en nommant des gamins issus des Jeunesses FA à des postes intéressants, pour en faire de futurs AA parfaitement motivés. D'autres personnalités importantes et singulièrement venimeuses du parti étaient arrivées. Bouillonnants dans leurs uniformes siglés d'éclairs, tous fumaient des cigares au cyanure de potassium, se servaient des coupes de bromure d'éthidium et discutaient en postillonnant des particules puantes dont j'essayais au mieux de me protéger.

Je sentais d'un côté leurs regards hostiles et de l'autre – dans mon dos – la froideur peu rassurante de Robinson, que sa taille, et son expression, devenue sincèrement haineuse, protégeait de la suspicion des FA présents.

Un général obèse entièrement composé de glaires exposa la situation : le camp numéro deux, le plus à l'est, avait donné les meilleurs résultats. Il s'agissait d'un parc à thème sur les jeux du cirque.

La population nombreuse des ennemis que le parti FA avait désignée, puis privée de liberté, n'avait pas d'autre choix que de s'y divertir, d'y emprunter les manèges ludiques et de participer aux reconstitutions historiques en costumes. Ce spectacle ininterrompu remplaçait le réel jusqu'à déposséder ceux qui y étaient conviés de leur identité. La personnalité de chacun était anéantie par un dosage savant de tortures ludiques, de jeux absurdes, de parcours dénués de sens. Ils n'étaient alors rien de plus que les acteurs involontaires d'un scénario écrit par ceux qui voulaient les détruire. Les jeux devenaient mortels, au sein du camp les victimes remplaçaient les bourreaux et inversement, dans un ballet éternel. Plusieurs milliers de ces pauvres fantômes avaient déjà ainsi disparu, il était possible d'en éliminer encore plus, plus vite.

Le débat du jour portait sur la thématique des différents camps, sur leur efficacité supposée et sur les spécificités des supplices qui y étaient testés. Le ministre qui m'avait à l'œil, et dont je compris qu'il était en charge du portefeuille de l'éducation, s'enthousiasmait pour le camp des Drapés historiques ; la théorie que ce traître de Maurice nous avait exposée semblait ici évidente. Le ministre énumérait avec délectation, mousse verte aux commissures des lèvres, les drapés mis en scène dans les parcours ludiques du camp : la chape de saint Martin, la tunique de Nessos. Il s'arrêta un moment pour souligner les qualités des *stolae* brodées, avant de revenir sur la capacité du saint suaire à attirer les foules.

Une intuition me porta à croire que Lili se trouvait dans ce camp. Sous couvert de questions techniques, je tentai de connaître son emplacement exact. L'hostilité manifeste du ministre à mon égard ne me facilitait pas la tâche, mais je sentais surtout que Robinson était maintenant entièrement convaincu par les théories de nos ennemis, et qu'il cherchait un moyen de me dénoncer sans se découvrir lui-même.

Cependant, la discussion s'échauffait entre le gluant ministre de l'Éducation et un haut responsable du parti.

Ce dernier considérait le saint suaire comme problématique, à cause du visage humain qu'on pouvait y lire.

– Cela n'a pas d'importance, rétorqua le ministre, seule importe la fiction, à tous les étages, quelle qu'elle soit.

Le wagon était surchauffé, les tissus étaient humides, comme dans un sauna. Alors que les Fantômes Acides prenaient une pause en s'aspergeant de champagne moisi, Robinson m'agrippa fermement pour m'entraîner dans un recoin.

– Qu'est-ce que tu crois maintenant ? Tu as compris ? dit-il avec intensité. J'étais décontenancé. Devant mon silence interrogatif, il s'énerva :

– Ils ont raison, bon sang. Comment est-ce qu'on a pu fermer les yeux aussi longtemps ? Et puis quelle classe… Tu as vu leurs uniformes ?

Je restai interdit, sachant pertinemment qu'aucun argument ne pourrait remettre Robinson dans le droit chemin. Je m'inquiétais surtout de ne pas avoir de nouvelles des Résistants Résistants que j'avais appelés à la rescousse.

– Bientôt, nous pourrons enfin retrouver notre vraie nature, continuait Robinson avec détermination, notre peuple de fantômes sera à nouveau réuni, comme avant… Et ce n'est pas un petit espion comme toi qui va nous barrer la route.

La chaleur me compressait les tissus jusqu'à m'étouffer.

– Bien sûr qu'ils ont raison, dis-je en ruisselant, je suis convaincu moi aussi que… enfin…

Robinson me regardait avec défiance.

– Notre ancienne cause n'est plus valable, je le sais bien, continuai-je sur un ton plus persuasif, la vision des FA est juste, ils sont forts, puissants, il nous faut un chef !

– Tu as raison, un chef ! Alors montre-nous qui est ton chef : mets-toi à son service ! Dénonce-toi comme agent double !

– Non ! Surtout pas, dis-je à voix basse. Si je me découvre, ils nous liquideront sur-le-champ, tous les deux !

– Qu'est-ce que vous manigancez ? nous invectiva le maréchal depuis l'autre bout du wagon. On n'est pas là pour s'amuser, au travail !

Alors que je regagnais ma place derrière la machine à écrire, le ministre, enfoncé dans son siège, me fixait de ses pupilles en pointe de lame.

Au cours de cette réunion, j'en appris un peu plus sur le camp des Drapés historiques ; loin de la beauté picturale des références historiques mises en avant, les arrivants étaient traités au mieux comme des marchandises, au pire comme des déchets. Par trains hantés, ils voyageaient des semaines en rouleaux de tissu, enfermés dans leurs tubes d'acier. Beaucoup disparaissaient avant même de sortir du train, détruits par la moisissure due à la condensation qui naissait dans les tubes. Une fois sur place, dans l'enceinte du camp, déroulés, découpés, cousus, tous étaient retaillés sur le même modèle : dénaturés, privés de leur individualité, ils devenaient des fantômes de fantômes, entièrement contrôlables. Je cachai mon angoisse en me penchant plus en avant sur ma feuille. Je pensais à Lili, j'imaginais à cet instant ce qu'elle devait endurer. Pourtant, au fond de moi, j'étais persuadé qu'elle en réchapperait, qu'elle avait déjà réussi à fuir.

Lorsque le ministre signala qu'il visiterait ce camp dès le lendemain, mon cœur cogna contre ma poitrine comme un marteau de feutre : je me levai pour lui dire mon intention de l'accompagner.

Dans un silence lugubre, il posa son regard sur moi, de haut en bas, longuement, puis de bas en haut, avant de laisser filtrer un souffle méphitique dont personne ne pouvait dire s'il s'agissait d'un rire, d'un soupir ou d'un renvoi de bromure d'éthidium.
– Et pourquoi pas… dit-il avec un air qui me laissait présager le pire des sorts. Rendez-vous demain, à l'aube, mon gentil bébé. Départ avant le lever du soleil, même s'il risque de ne pas y en avoir beaucoup.
Le rire qu'il émit pour conclure cette phrase se rapprochait du son des égorgements pratiqués en enfer, tel que je l'imaginais.
Cependant, la peur s'éloignait, autant que se rapprochait l'espoir de savoir enfin ce qu'il était advenu de Lili et de mes parents.

C'est ce moment que Robinson choisit pour réduire mes efforts à néant : il arracha brusquement mon déguisement, en une seconde je me retrouvai comme nu, seul et directement exposé à l'acidité monstrueuse qui ne tarda pas à se déchaîner.

J'étais tombé en syncope. La violence de l'émotion avait annulé ma présence au monde durant près d'une heure.

Je retrouvai mes esprits à deux mille cinq cents mètres d'altitude, la face glacée par le vent mais le corps au chaud, collé contre un tissu dont l'odeur m'était familière ; vapeur de caserne, arôme de café et de cigarettes fumées il y a cent ans : c'était Boris. Il me maintenait en bandoulière, loin au-dessus du sol, loin des FA, loin du cauchemar. Nous filions comme des obus. À nos côtés, un large fantôme recousu de toute part rivalisait de vitesse avec Boris sans que les épaisses moustaches de lin lui barrant le visage ne plient sous le vent. Je remarquai son béret de chasseur alpin qui tenait de travers au sommet de sa tête, maintenu par des élastiques rouges. Il s'agissait d'un Résistant Résistant, l'élite de nos troupes ; des costauds de cette trempe ne courent pas les rues. Mon message avait donc finalement atteint son but : je découvrais avec réconfort que Boris faisait partie de la légendaire faction des RR. En *deus ex machina*, ils m'avaient cueilli comme un fruit mûr prêt à s'écraser, juste avant que le ministre de l'Éducation ne me découpe intégralement au scalpel. Robinson n'était pas avec nous, Boris avait sans doute jugé bon de le laisser s'expliquer avec ses nouveaux amis. Pauvre Robinson, c'est triste à dire, mais à cette heure il ne devait plus rester grand-chose de son enveloppe de bure.

La Résistance doit être aussi mouvante que l'eau d'un torrent, circuler au gré des reliefs pour être toujours prête à s'échapper. C'est ainsi que je découvris notre nouvelle cache, loin des galeries souterraines d'altitude, loin de ma petite chienne. L'endroit était nettement moins confortable et la position horizontale requise plutôt malcommode pour tous ceux qui aimaient se tenir debout ou voler dans les airs – et nous étions nombreux dans ce cas.

155

Les FA, dont la déroute commençait à se faire sentir de ce côté-ci du miroir, multipliaient les actes de violence et de terreur dans les zones occupées. Cette situation obligeait la Résistance à être présente au cœur des villes pour mieux anticiper leur libération ; nous étions comme une arme ultime, tapie dans l'ombre. Au sein de la plupart des immeubles, mes camarades et moi-même étions postés entre les plafonds et les planchers, sur plusieurs étages, flanc contre flanc, comme des sardines dans leur boîte. Cette délégation aplatie était dirigée par le grand fantôme à monocle qui, en position verticale, supervisait les opérations depuis un lieu tenu secret. À défaut de pouvoir nous déplacer aisément, nous devions communiquer par télépathie électrique en nous branchant sur les réseaux de fils qui couraient entre les murs. Boris n'était pas loin, à deux pâtés de maisons, il hantait les planchers d'une ambassade en compagnie de son camarade recousu. Celui-ci était si costaud qu'il lui fallait de l'espace. L'ambassade était dévolue à la section des RR et cela attisait quelques jalousies, le confort relatif dont ils jouissaient étant enviable. Pour ma part, je logeais dans un modeste immeuble d'habitation, serré contre un jeune Résistant communiste qui tenait à me faire partager ses convictions par une argumentation fougueuse et si volubile qu'il m'était impossible de trouver le repos. Et du repos, franchement, j'en avais besoin. Par chance, nous étions tête-bêche et sa voix se perdait en partie à mes pieds.

Les rêves se bousculaient dans ma tête chiffonnée : je retrouvais avec effroi les dernières heures passées auprès des FA. Cette nuit-là, l'épisode funeste auquel j'avais échappé grâce à Boris se déroula d'une manière si réaliste que la question me hanta au réveil : était-ce vraiment un songe ? Ou le souvenir d'une réalité ?

Aujourd'hui encore, soixante-dix ans plus tard, les images de ce songe restent parfaitement intactes à ma mémoire :

Des fantômes scrofuleux remplis de prions nocifs dansent dans un mouvement saccadé, en dégageant une odeur de putréfaction. Le maréchal surgit en hurlant, tissu pourri et claudication bruyante, il s'avance vers moi, menaçant, en me traitant de déchet et de traître. Il saisit un sabre, qu'il fait tournoyer au bout de son bras maigre avant d'en enfoncer la lame dans le tissu de mon ventre. La surprise annule la douleur, je crie, sans voix. Le ministre de l'Éducation, tout en glaires filandreuses, enveloppé d'une cape de méthane noire, vrombit comme une énorme mouche : éructant, il parcourt de long en large le compartiment du train fantôme que l'on sent ballotté en tous sens, lancé à pleine vitesse dans une nature brûlée. Après un moment passé à butiner entre les reliefs de plats et les coupes de sarin, il se jette sur ma petite chienne Boulette – il s'agit bien d'un songe, Boulette n'était pas présente à cette réunion –, pour poser doucement son scalpel sur sa peau tendre entre ses mamelles fragiles, et, tout en lui adressant un sourire rassurant de médecin de famille, lui découper sauvagement le ventre. Le cri de Boulette déchire l'atmosphère. Agonisant moi-même, je la vois se tordre, quand tout à coup un commandant AA vêtu d'une gabardine noire, tapi jusque-là près de la fausse cheminée, plonge ses longues mains de tissu sale dans le corps de Boulette ; il en sort les entrailles pour s'en faire une écharpe sanglante dont il se pare, mimant un défilé de mode. Sa démarche langoureuse, les gaz qu'il envoie à chaque déhanché, ainsi que la jouissance qui se lit sur sa face, me retournent le cœur.

Pétrifié, je regarde les chairs luisantes de Boulette qui palpitent encore au cou de ce monstre. À cet instant, je suis saisi par cette dimension nouvelle, inconnue des fantômes mais qui va bientôt se révéler familière : l'odeur du sang. Le parfum si troublant de la chair, et de toute la souffrance que sa fragilité implique.

Je me réveillai de ce cauchemar avec un vif sentiment d'inquiétude ; les rêves décrivent une réalité cachée, tout le monde le sait. Je contactai Boris par le réseau électrique pour lui demander s'il n'avait pas entendu parler de Boulette lorsque la Résistance avait quitté les galeries secrètes du torrent de montagne.

– Futilités, me rétorqua sèchement Boris, l'heure est grave !

Il m'expliqua que les lignes bougeaient enfin, que les FA vacillaient sur tous les fronts qu'ils avaient engagés : leur puissance les avait rendus ivres d'eux-mêmes et émoussait leur perception du réel. Le protocole de destruction systématique qu'ils avaient érigé en projet ultime commençait à se retourner contre eux et il nous faudrait être vigilants pour profiter de cette faiblesse.

Je parlai à Boris du camp des Drapés historiques. Manifestement, il savait précisément ce qui s'y déroulait.

– Peut-être Lili se trouve-t-elle là-bas, lui dis-je, peut-être même qu'à cette heure on la torture ?

Alors qu'il allait me répondre, la ligne électrique se mit à grésiller et sa voix finit par disparaître. Je réitérai mon appel, mais le réseau semblait monopolisé par l'activité humaine qui prenait de l'ampleur à cette heure matinale : les planchers craquaient, des gens se levaient, se lavaient, s'habillaient en écoutant la radio. Au troisième appel, la voix de Boris se fit entendre quelques secondes, avant qu'une coupure générale de courant me décide à m'extraire de ma cache.

Invisible, je cheminai sur les boulevards entre les humains dont les corps trahissaient une fébrilité collective. Ils se pressaient autour des kiosques à journaux et je pouvais voir les titres du jour par-dessus les épaules ; l'incident de Gleiwitz. Tous rendaient compte de la même histoire : des soldats polonais avaient attaqué un émetteur radio situé en territoire allemand, avec pour résultat une réaction immédiate et violente. Ce que les humains ne savaient pas alors, c'est que cette épisode était une farce digne d'une mauvaise opérette : les soi-disant soldats polonais étaient en fait des criminels allemands déguisés, envoyés là pour donner un prétexte à l'invasion que l'humain le plus acide de l'époque avait projetée. Je n'y prêtai qu'une attention distraite, parce qu'à ce moment-là je considérais qu'il s'agissait d'histoires d'humains, à régler entre humains…

Je filai discrètement jusqu'à l'ambassade, à l'entrée de laquelle je fus accueilli par un chien féroce qui savait flairer les fantômes. Cet imbécile me fit sursauter. Tous les chiens n'ont pas la délicatesse de Boulette.

Boris était furieux de me voir débarquer ainsi ; encore une fois j'avais quitté mon poste contre ses ordres. Il me fit quelques remontrances, pour le principe, avant de me prendre par la manche pour me dire, sur un ton qui se voulait rassurant :

– Ton intuition était juste, mon petit, Lili est passée par le camp des Drapés historiques… Elle est arrivée directement, sans souffrir de l'épreuve du train. Il faut que…

Mon cœur me tapait dans les tempes, j'étais intégralement tendu vers la fin de cette phrase, que Boris termina le lendemain, après la plus âpre bataille que la Résistance ait jamais menée contre les Fantômes Acides.

L'ambassade fut la première place attaquée : des nuées de FA bardés de cuir et de métal nous tenaient sous le feu nourri de leurs jets d'acide et de leurs gaz illégaux. La réplique fut immédiate, celle des RR en premier lieu, avec lesquels je me trouvais, qui disposaient de grenades glaçantes et de mitrailleuses-scalpels. Dans un fracas indescriptible, nous écrasions des FA par dizaines, Boris me protégeait de sa large stature, le RR à moustache fulminait derrière son lance-flammes ; il arrosait tant et plus et grillait nos ennemis, surpris et dès lors vulnérables.

Immédiatement alertés, tous les Résistants s'étaient échappés de leurs planchers respectifs, formant une vague puissante, agressive, pleine d'écume et de ressentiment.

Les craquements des tissus déchirés résonnaient dans toute la ville, les bombes glaciales figeaient les gestes, l'odeur du cuir brûlé agressait les narines.

Jamais, depuis l'occupation des FA, le conflit n'avait pris une allure si frontale. Le combat dura des heures au cœur de la ville, dans un déchaînement furieux, sans que les humains s'en aperçoivent. Les deux mondes restaient parallèles. Pour autant, l'influence de cette bataille fantomatique pouvait être inconsciemment perceptible aux hommes : l'ambiance chez eux, faussement calme, était lourde comme un pendu que l'on décroche ; nous étions le 1er septembre 1939, à la veille de la Seconde Guerre mondiale.

Alors que commençaient les hostilités les plus meurtrières de l'histoire humaine, notre guerre de fantômes tendait vers son dénouement ; notre « bataille de l'ambassade de Pologne », comme elle fut appelée postérieurement, fut décisive, considérée comme le premier piège d'envergure se refermant sur les FA.

Constatant leurs difficultés sur le terrain, les stratèges acides avaient décidé d'envoyer en renfort plusieurs bataillons de AA, parmi les plus redoutables, au risque d'affaiblir le front qu'ils devaient tenir à l'autre extrémité de leurs territoires conquis. Une fois les nouvelles colonnes de AA sur place, alors que les forces se rééquilibraient en leur faveur, la surprise arriva depuis le fleuve : les Marines Fantômes, des forces alliées dont je n'avais jamais entendu parler jusqu'à ce moment précis, débarquèrent par centaines, naissant du fil de l'eau comme de longues gouttes blanches. Ils disposaient d'armes lourdes, plus efficaces que les nôtres ; des tubes à hacher, des véhicules écrasants, des lance-missiles ectoplasmiques et des bombes à prion. Les FA n'étaient plus en mesure de contrecarrer une telle puissance et, après quinze heures de combat, ils n'eurent pas d'autre solution que de refluer vers la zone sombre d'où ils étaient venus, hurlant comme une horde de hyènes blessées.
Cette retraite symbolisait le début de leur fin.

Nous étions épuisés et presque joyeux. Un vent doux venait rafraîchir notre fièvre. L'espoir se lisait dans le regard de chacun d'entre nous. Je courus dans les bras de Boris, qui me serra fort.
C'était un jour heureux.
Boris me serra encore, avant de prononcer la fin de la phrase qu'il avait commencée la veille.

Lili était morte, brûlée.

Cela s'était passé dans le camp des Drapés historiques.
Les FA l'avaient brûlée dans son tube, comme ils avaient brûlé des centaines d'autres petits fantômes.

Un fantôme peut-il vraiment mourir ?

Je veux dire, meurt-il vraiment, puisqu'il n'est pas vivant, ou meurt-il pour un temps donné, des siècles peut-être avant de se réveiller d'une tout autre humeur ? Un fantôme n'est-il pas suffisamment virtuel pour éviter cette étape bien réelle qu'est la fin de la vie ?

Il m'a fallu du temps pour accepter que Lili n'existait plus. Des années.

Sur le moment, un silence s'est installé, c'était un peu comme si j'étais devenu sourd. Il y avait de la vapeur partout autour de moi. Boris donna beaucoup de lui-même pour m'aider, il me parla longuement, me rassura, mais le problème, c'est que je n'entendais rien. Je distinguais le son de sa voix sans comprendre le sens de ses mots, tout était lent et douloureux, j'avais juste envie de me coucher et de dormir le plus longtemps possible. Mes parents n'étaient pas là pour me soutenir, je n'avais plus d'espoir de les revoir un jour. Je luttais pour qu'ils ne m'apparaissent surtout pas en songe, à aucun moment je ne devais penser à eux, sous peine de sombrer.

Mes souvenirs sont flous ; j'ai dû partir. Je ne sais plus comment ni pourquoi, mais je me suis retrouvé seul, je ne voyais plus aucun de mes camarades de la Résistance. Les Fantômes Acides, eux, avaient disparu du paysage. Pendant des semaines j'errai sans but, sale et trempé, au-dessus de plaines froides.

Comme Lili était partie en fumée, il ne restait qu'un endroit possible sur cette terre pour rendre hommage à sa mémoire : la ferme de montagne, le lieu de notre rencontre.

Le vent faisait plier les herbes folles qui avaient poussé devant la porte. La ferme était vide, pas âme qui vive, pas même un nouveau fantôme venu investir les lieux. La petite famille avait fui précipitamment la zone de guerre, emportant quelques affaires entassées sur une carriole pour se retrouver, comme des milliers d'autres, perdue sur les routes.

J'entrai dans le grenier avec un poids sur le cœur. Rien n'avait changé. Je fus surpris de retrouver, dispersé au sol, le jeu de tarot qui occupait nos soirées d'alors. La carte figurant la Justice était retournée, j'en regardai le dessin avec amertume. La justice avait eu si peu d'égards pour nous que je la considérais comme une valeur indigne.

L'odeur de temps révolu qui régnait au grenier s'associait dans ma mémoire au parfum de Lili, son délicieux parfum de satin.

Je restai quelques heures ainsi. Ma présence dans ce grenier, attachée aux souvenirs que j'avais de Lili, était la seule manière d'appréhender sa disparition, de tenter d'imaginer ce qu'était son errance au-delà du royaume des disparus. Royaume dont je ne savais rien, dont personne n'avait aucune idée. Que deviennent les fantômes de fantômes ? Quand les humains perdent un proche ou s'inquiètent de leur propre disparition, ils se fabriquent des réponses que leur foi aide à rendre crédibles. Ils ont des rituels, des codes et des cérémonies de toutes sortes pour faire passer la pilule. En revanche, pauvre de moi, je n'avais rien appris de tel et je me tenais là, comme un idiot devant ce vide immense.

Je restai jusqu'au petit jour.

En sortant de la maison, je remarquai un de ces objets rituels qui aident les hommes à supporter leur condition : une croix. Celle-ci était toute simple, petite, faite de bois sec. Par nécessité ou par imitation, en tout cas sans trop y croire, je décidai de tenter cette forme de recueillement – normalement réservée aux humains –, en fixant l'âme de Lili sur ce petit support spirituel. Le vent matinal faisait danser mon tissu, je me tenais devant la croix, plantée au bout du jardin. La vue était magnifique ; les reliefs montagneux irisaient la lumière en nuances de rose qui se reflétaient au niveau de la vallée. Une brume blanche, lumineuse, dessinait par strates des figures de fantômes endormis.

J'étais apaisé. La splendeur de cette nature, et l'idée que Lili faisait partie de la beauté de l'univers, était finalement le seul hommage valable que j'étais en mesure de lui offrir.

Le vent se fit plus soutenu, il balaya les feuilles jaunes qui jonchaient le sol.

Et là, au pied de la croix, je découvris le nom de Boulette inscrit maladroitement à la craie sur une plaque de bois.

Chapitre V

J'étais plus livide que le plus délavé des fantômes, la peine que j'éprouvais était devenue trop accablante. Ma seule activité consistait à repousser les images qui m'assaillaient, à mettre un voile noir sur le souvenir de mes parents, sur la silhouette de Lili ou sur le regard de Boulette.

Commença alors cette période, au goût amer d'anesthésie, où je voyais la guerre humaine se dérouler sous la forme d'un interminable songe sanglant ; la violence des hommes, échelonnée sur plusieurs années, allait crescendo, au-delà de ce que leurs précurseurs, les Fantômes Acides, avaient pu mettre en place. Les principes étaient les mêmes, mais les humains allaient plus loin, plus fort, avec cette étrange détermination dans l'œuvre d'anéantissement ultime. Ma crainte devant un tel défilé de morts était de voir émerger, à terme, autant de Fantômes Acides. Curieusement, il n'en fut rien. Peu de fantômes naquirent à ce moment-là, qu'ils soient acides ou non : rien de commun avec l'étendue des massacres commis. Ces fantômes-là sortiraient pourtant, mais bien plus tard, acides, et par milliers.

Je n'avais plus de liens avec mes congénères, je n'en croisais jamais : ma tristesse m'avait isolé.
Me laissant porter par le hasard des vents, je parcourais l'Europe comme une larme vaporeuse, sans but ni espoir. Il m'arrivait en passant de hanter quelques maisons vides, dans le simple but de me reposer l'âme, de retrouver l'ambiance apaisante d'un grenier avant de reprendre mon errance.

C'est ainsi que j'arrivai dans cette grande maison, la maison cachée.

Je longeais un canal glacé dont le tracé guidait mes pensées vides, quand, relevant le nez, je fus attiré par un parfum méditerranéen. Je me trouvais pourtant loin de la Côte d'Azur. En passant à travers les murs, je pénétrai dans la bâtisse de pierre brune d'où émanaient ces parfums d'épices. Le rez-de-chaussée était occupé par un entrepôt associé à une boutique, et, malgré la guerre qui asséchait les approvisionnements, les étals y étaient encore bien fournis : graines de lin, curcuma, caroube et autres condiments. Les produits étaient présentés en racine ou en poudre dans de petits compartiments de bois clair, ou entreposés en sacs de toile. Je passai aux étages supérieurs, occupés par des bureaux, vides à cette heure, mais dont le désordre témoignait de l'activité de la journée. En faisant ainsi le tour de cette maison, j'éprouvai un sentiment familier de douceur et de sécurité ; quelque chose ici m'évoquait la vaste demeure de mon enfance. Je décidai de m'y établir, deux jours, une semaine, je ne savais pas exactement combien de temps. En tout cas, l'endroit était propice pour tenter de retrouver un peu de forces.
Je passai le reste de la nuit au grenier, sans parvenir à me reposer : de sourdes vibrations m'intriguaient. Il me sembla même entendre des voix.

Je réussis à m'endormir quelques heures, jusque dans la matinée. À mon réveil, je vis des employés aller et venir. Un type maigre remplissait des registres avec application. Je pris soin de me faire discret, n'étant pas là pour effrayer qui que ce soit, et la guerre ayant déjà fait suffisamment de ravages dans les cœurs pour que je n'y ajoute ma contribution.

La nuit suivante, les voix furent plus présentes encore. Des fantômes ?
Acides ? Je commençai à trembler. Était-ce une maison hantée ?
En effet, c'était le cas.
Hantée par des humains.

C'est en passant à travers la bibliothèque que je découvris le pot aux
roses : ils étaient huit, cachés dans trois pièces exiguës habilement dissi-
mulées dans la partie arrière du bâtiment. Des femmes, des hommes, des
enfants. J'évitai de me montrer à eux, ils étaient anxieux, pâles comme
des spectres, et n'avaient sans doute pas vu le jour depuis un moment.
En mode transparent, je glissai le long des murs pour les observer. Des
humains tout ce qu'il y a de plus humain : une dame fébrile, cornaquée
par ce qui semblait être son époux, un type chauve, aussi rigide que sûr
de lui ; leur fils était si discret que je ne me souviens plus de son visage.
Un autre couple, à première vue plus calme, plus directif aussi, était
vraisemblablement responsable du lieu et à l'origine de son organisation. Il avait deux filles. Un célibataire, lent et déboussolé, fermait ce
défilé clandestin.
Un intérieur plus ou moins confortable était reconstitué, réduit comme
dans une maison de poupée : cuisine, séjour, chambres. Des tentures
masquaient les fenêtres, la lumière étant un luxe que ces gens-là ne
pouvaient pas se payer. Ils étaient dans la même situation qu'avaient dû
l'être mes parents : pourchassés, en danger, traqués par des malfaisants
acides. Comme mes parents, ils avaient fui la guerre, mais dans leur cas
la fuite avait pris la forme d'une retraite intérieure.

Quelle étrange situation. Jamais je ne m'étais senti aussi proche d'êtres humains.

L'amour avec un grand A, celui qui vous serre les tissus, qui vous chauffe à l'intérieur et souffle un vent terrible sur votre petite face, c'est dans cette maison cachée qu'il a surgi, au moment où je m'y attendais le moins.

Boris m'avait toujours mis en garde : les fantômes n'ont rien à partager (d'un point de vue sentimental, bien sûr) avec les êtres de chair et de sang. Il s'agit d'une loi de la nature, que l'on pourrait comparer au concept de la barrière des espèces. Et transgresser une loi peut se révéler délicat. Mais ces arguments ne m'avaient même pas effleuré l'esprit quand je la vis si belle, là, en train de s'énerver, de lutter contre l'autorité de sa mère, avec sa voix fluette.

C'était une petite fille – enfin, pas vraiment, c'était une jeune fille qui avait encore un pied dans l'enfance –, et en cela elle m'était proche. Traduite en âge de fantôme, sa proportion d'existence vécue était quasi identique à la mienne. Et à cette heure, pour autant que je puisse en juger, sa vie n'était pas rose. Pourtant, elle rayonnait. Lucide et rapide, son esprit coupait dans le vif. Elle résidait dans une chambre étroite, faiblement éclairée, y passait un temps infini à étudier, penchée sur la table qui lui servait de bureau. Suspendu en brume invisible, je restais à ses côtés pour la contempler ; j'admirais son être. Pour la première fois, je prenais conscience de la merveilleuse machine qui en était le moteur : son corps.

Elle était magnifique.

Une association de différents éléments qui se coordonnaient avec bonheur, sans que je puisse m'expliquer ce qui en définissait l'harmonie. Sa voix m'emportait vers l'inconnu, j'étais captivé par la lumière qui semblait émaner de sa peau. Courant sous l'épiderme, des veines bleu pâle dessinaient des arabesques délicates, ses longs cils battaient le rythme, ses yeux noirs me laissaient sur place, pétrifié. Il y avait en elle tout ce que je n'avais pas ; cette mécanique de tissus complexes et irrigués, d'organes animés par la mesure rassurante des pulsations, ces circulations aléatoires, ces changements imperceptibles faits d'interactions microscopiques. Les humains ne sont même plus conscients du trésor qui les anime ; cette nature qui les constitue et qui va de soi. Rares sont ceux qui se posent quotidiennement la question de la magie par laquelle leurs yeux, si mobiles dans leurs orbites, amènent la lumière du monde jusque dans les replis de leur cerveau.

À ce moment, je pris acte des lacunes de ma propre constitution ; cette chair et ce sang que je ne sentirais jamais frémir. Mon corps de toile me fermait à ce monde infini par la nature de mon unique composant : rien ne circule, rien ne change, rien n'évolue au sein d'un drap blanc, si ce n'est qu'avec les siècles les fibres tissées s'usent aux extrémités.

Mais il s'agissait là d'une petite déprime, rapidement consignée. N'ayant pas de circonvolutions cérébrales, je n'étais pas censé souffrir de neurasthénie. Par ailleurs, je me devais d'être fier de ma qualité de fantôme, au moins par respect pour mes parents, pour Lili, pour Boris, pour mes camarades résistants, et même pour les ancêtres si vénérablement vieux qu'ils se meuvent sous forme de poudre. Ma fierté était un devoir, et cette fierté était mon seul atout pour charmer cette jeune fille que je contemplais sans me lasser.

Justement, à cet instant, elle tournait son regard vers moi ; elle ne me vit pas, bien entendu, mais j'aimais croire en ce regard tendre. Derrière moi – j'étais en perles d'eau, invisible – se tenait Peter, le jeune homme timide. Il était descendu du grenier qu'il occupait. C'était lui qu'elle regardait. Quel imbécile ! Qu'est-ce qu'elle lui trouvait donc ? Il était si effacé qu'il fallait faire un effort pour se rendre compte de sa présence. D'ailleurs, la jeune fille avait changé de sentiment à son égard ; elle ne l'avait pas toujours trouvé si touchant, en tout cas pas au premier temps de leur clandestinité, qui datait de plus d'un an. Tout cela, je l'apprendrais de sa main même, sans qu'elle le sache. En effet, je pouvais lire au-dessus de son épaule sans être vu, et c'est ainsi que je fis cette découverte extraordinaire ; par la magie de ses doigts, dont les inflexions entraînaient une plume sur le papier pour y faire naître de petits signes, je pouvais déchiffrer le reflet précis et circonstancié des pensées intimes qui se bousculaient un peu plus haut dans sa tête.

J'apprenais combien elle était courtisée et, pour cette raison, à quel point elle était exigeante vis-à-vis de ses soupirants. Dans sa vie d'avant, sa vie normale de petite fille, les avis qu'elle portait sur ses camarades de classe étaient sévères ; elle passait en revue ses admirateurs sans qu'aucun ne trouve grâce à ses yeux. «Faux jeton, péquenot, sale gamin, petit voyou de la zone, ridicule, pleurnichard.» En résumé, «des garçons, il y a beaucoup à dire, mais en même temps pas grand-chose». La barre était placée haut. Je voulais me montrer à elle : un fantôme, pour le coup c'est original, loin de tous les petits humains fades qu'elle avait rencontrés. Elle serait certainement sensible à ma singularité ectoplasmique. Je pourrais alors la serrer contre moi, j'en mourrais d'envie.

Comment apparaître ? Il était hors de question de l'épouvanter. La guerre faisait rage, je devais la préserver des émotions inutiles. Sans compter qu'elle n'était pas seule dans sa chambre ; elle devait la partager avec ce monsieur un peu gauche arrivé là plus récemment que les autres clandestins. Le monsieur passait beaucoup de temps à sa toilette. La nuit, il dormait comme une masse ; cela m'offrait quelques occasions. Mais j'hésitais encore : n'était-il pas plus judicieux de me déguiser en jeune humain sympathique pour mettre ma future fiancée en confiance, avant de me découvrir enfin : petit fantôme, bouquet de fleurs à la main ?

Assurément, c'était une idée stupide.

Au fond, Boris avait raison. J'étais dans l'erreur, décalé. L'amour ne passe pas certaines frontières, en dépit des illusions que mon caractère romantique m'avait collées dans la tête. J'étais condamné à l'aimer en secret. Ce serait un monologue. Pourtant, à bien y réfléchir, le dialogue pourrait s'établir autrement, dans un temps long.

Je décidai d'assumer mon état de fantôme : j'accompagnerai ma petite princesse vers sa destinée, discrètement, comme un garde du corps invisible. Une vie d'humain est rapide à l'échelle temporelle des fantômes, tôt ou tard elle me rejoindrait dans notre monde.

Ce matin d'avril, le ciel entrait dans la maison. La fenêtre du grenier était la seule ouverture possible pour voir la ville sans être vu. La lumière était agréable, un vent frais circulait entre les toits. Il y avait de la vie dehors, cela se sentait, des gens libres profitaient de cette belle journée. Elle contemplait joyeusement ce paysage. Peter, timide, était assis de l'autre côté de la pièce. Elle pensait avec sérénité à la vie qui l'attendait une fois que la guerre serait terminée, à toutes ces découvertes que l'existence pouvait offrir et qu'elle avait hâte d'explorer.

Chapitre VI

Soixante-dix ans ont passé.

Je ne suis jamais retourné dans cette ville. Je n'ai pas revu ma princesse. Au moment où les humains acides l'ont emmenée, avec sa famille, je suis apparu dans toute ma fureur ectoplasmique pour éloigner ces malfaisants. À l'évidence, ces derniers n'avaient pas peur des fantômes, comme si leurs consciences s'y étaient habituées. Je ne suis même pas sûr qu'ils m'aient vu.

Voilà soixante-dix ans que je traîne sur les routes. Que je l'attends.
Je l'ai escortée dans son passage vers l'autre monde, en toute discrétion, elle ne m'a pas vu. J'avais bien l'intention de la retrouver enfin, de la consoler de sa vie perdue.
À cette heure, le procédé de sublimation ne s'est pas encore opéré.
À moins qu'il ne se fasse loin de mon regard – ou qu'il ne se fasse pas.
Je garde un espoir lointain, le temps des fantômes est long, chacun le sait, mais la perspective se rétrécit, et au fond de moi je sais qu'il est trop tard.

Les guerres se sont apaisées, celles des fantômes en premier lieu. Les humains se sont calmés à leur tour, au moins de ce côté-là de la planète. Il faut dire qu'ils étaient allés dans les zones les plus boueuses de leur expérience d'anéantissement général. À croire que l'extinction de leur propre espèce est une composante de leur nature profonde.

D'elle, il ne reste que la prose de son journal intime. C'est peut-être le seul procédé de sublimation par lequel elle restera à mes côtés. En tout cas, après toutes ces années à longer les autoroutes en comptant les voitures dans un sens ou dans un autre, j'ai choisi de suivre son exemple : en consignant. Sur papier. C'est le seul moyen de ne pas devenir un fantôme de fantôme, une idée vaporeuse qui s'éteint par elle-même.

Entre deux stations-service, j'ai rencontré une personne singulière, un cas rare de demi-fantôme, un accidenté de la route qui n'a pas pris conscience de son décès. Il continue son existence d'humain avec ce vague sentiment d'une réalité qui quelquefois se dérobe. En l'occurrence, il ne vit plus. Pauvre jeune homme. Je le laisse continuer dans ses songes de réel – vie de famille, travail, loisirs, grandes surfaces –, et je suis heureux qu'il m'accompagne, dans ces moments de lucidité où il revient à son état véritable.

C'est un camarade agréable, un néo-fantôme, sans mémoire autre que celle de sa vie d'humain. Avec lui je cherche à nouveau ce lieu qui m'a vu naître, afin d'y faire mon deuil. Avec l'espoir un peu vain de retrouver, réunis dans la maison de mon enfance, tous ceux qui se sont aujourd'hui envolés.

En longeant le littoral, entre un lotissement de villas de béton rose et le parking d'une enseigne de grande distribution, je crois reconnaître une partie du jardin. Là où trônaient les eucalyptus. Le jardin est fragmenté maintenant, des murs le quadrillent, plusieurs maisons ont été construites dans les espaces ainsi créés. À toutes ces maisons, rêve provençal frelaté, sont accolées de petites piscines qui semblent remplies de sirop bleu. Je suis passé dix fois à cet endroit sans rien reconnaître. Évidemment tout a changé, je me suis fié à ma mémoire, sans discernement.

Il s'agit bien de la grande maison : ravalée, certes, épaissie par un crépi rose, pourvue de volets et de fenêtres en plastique, mais je reconnais sans hésitation sa silhouette haute et le petit escalier qui en dessert l'entrée. Les vestiges du grand parc se résument à une étroite bande d'herbe cernée de dalles brillantes.

Sans prêter attention aux humains qui y résident, je pénètre dans la maison pour me diriger directement vers le grenier, avec mon ami le néo-fantôme.

Il n'y a pas là de petite croix pour se recueillir, rien non plus qui me rappelle mes parents. Juste un fatras d'objets de plastique recouverts d'une fine poussière.

Je suis un fantôme pragmatique, éloigné des croyances et des rituels, que je considère au mieux comme des symptômes de la faiblesse humaine. Pourtant, à cette heure, je n'ai pas d'autre solution que d'y adhérer. Je propose à mon camarade de me soutenir pour cette aventure singulière : une séance d'invocation des esprits. Une dernière fois je veux revoir mes parents, sentir Lili près de moi, embrasser Boulette sur le front et, surtout, faire apparaître le fantôme de ma belle princesse.
Une fois cela fait, quand j'aurai accompagné mes proches quelques instants sur la nouvelle route qu'ils empruntent, je pourrai enfin commencer ma vie d'adulte.

Nous nous postons devant un miroir ; c'est comme ça que font les humains. Bien entendu, pour eux cela ne marche jamais, les disparus ne reviennent que dans leurs têtes, mais les humains sont moins doués que les fantômes pour le surnaturel, c'est une évidence.
Mon image ne figure pas dans le miroir, ce qui est rassurant. En revanche, mon ami laisse un reflet vague, comme une brume. Nous méditons. Il semble retourner à sa fausse vie d'humain. De mon côté, je chemine dans des lieux vaporeux, difficiles à décrire. Mais je n'y vois personne. J'entends au loin l'aboiement d'un chien : il ne s'agit pas de Boulette.

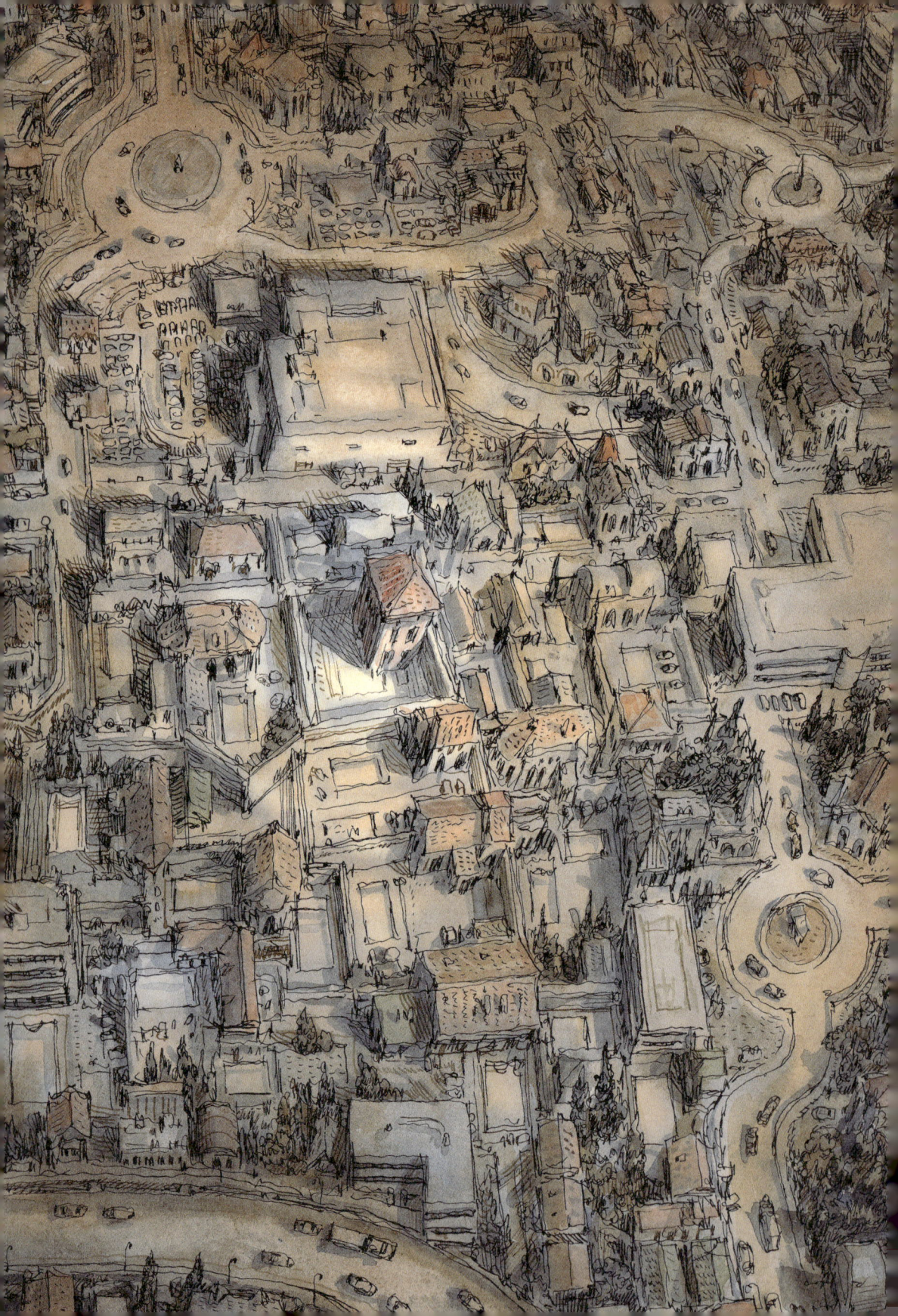

Je sens une présence multiple, je devine des êtres qui approchent. Puis disparaissent. Ce sont peut-être mes parents ? J'ai eu le sentiment qu'il s'agissait d'un couple. J'ouvre les yeux, mon ami est toujours à mes côtés, l'air ailleurs, béat. Personne en reflet dans le miroir. Je me concentre à nouveau, un long moment. Le vide s'installe, je suis comme une terre vierge. Une présence se manifeste, cette fois je vais être prudent comme un pêcheur de truite, je vais l'endormir pour mieux la surprendre, sans pour autant la faire fuir. La présence se fait plus marquée, en dépit de sa vibration faible. La vibration d'un être tout jeune… Lili ? Non, il ne s'agit pas de Lili.

Un bruit désagréable retentit alors dans le grenier et me sort de ma lévitation. Le néo-fantôme est extatique, je vois à sa mine que sa vie d'humain se déroule en songe (il est en train de conduire entre son domicile et son travail). Le bruit vient du fatras d'objets en plastique, sous lequel je vois une forme. Je m'aperçois que la présence que j'avais sentie n'a rien à voir avec mon évocation des esprits. Elle se trouve dans le monde réel, sur le plancher bien solide de notre monde visible. C'est une petite forme vivace, qui remue comme un animal. Je m'approche et soulève le vaisseau intergalactique en modèle réduit qui la cache.

Un bébé fantôme s'échappe alors, il est vêtu d'une petite gabardine noire.

Apeuré comme un oiseau, il s'envole et passe à travers la vitre du Velux. J'ai eu le temps de sentir ses vibrations, qui ne me rappellent rien de bon. Des vibrations néfastes, suffisamment fortes malgré sa petite taille. Un autre fantôme, un peu plus grand, s'échappe à son tour du tas de plastique pour zigzaguer entre les poutres de la charpente. Il me regarde avec fureur, puis s'envole, lui aussi, vers l'extérieur. Je m'élance à sa poursuite. En passant à travers la vitre, je me blesse un peu.

Il fait nuit maintenant.
Je suis au-dessus du toit de ma maison natale. Je vois les maisons de béton rose, et partout des fantômes.

Des Fantômes Acides.

Du même auteur :

Aux éditions Casterman

NEW YORK-SUR-LOIRE
LÉON LA CAME
3 TOMES
Texte de Sylvain Chomet
FLORENCE. ITINÉRAIRES
Texte d'Élodie Lepage
LISBONNE. VOYAGE
IMAGINAIRE
Texte de Raphaël Meltz
LA RÉPUBLIQUE DU CATCH

Aux éditions Dupuis

PROSOPOPUS
SALVATORE
4 TOMES

Aux éditions Louis Vuitton

TRAVEL BOOK MEXICO

Aux éditions du Chêne

CARNETS DE KYOTO

Aux éditions Barbier & Mathon

500 DESSINS
3 VOLUMES

Aux éditions Futuropolis

L'ORGUE DE BARBARIE
Texte de Raphaël Meltz
LES CARNETS
DE GORDON MCGUFFIN
Texte de Pierre Senges
JOURNAL D'UN FANTÔME
PÉRIODE GLACIAIRE
(Coédition Musée du Louvre)
SUPER MONSIEUR FRUIT

Aux éditions Cornélius

ESCALES
DES GENS BIZARRES
PLAISIR DE MYOPE

Aux éditions MEL Publisher

NICOLAS DE CRÉCY,
MONOGRAPHIE

Aux éditions Verticales

CAFÉS MOULUS

Aux éditions Pastel

LA NUIT DU GRAND
MÉCHANT LOUP
Texte de Rascal

Aux éditions Le 9ᵉ Monde

DE LA CONFITURE
DE MYRTILLES

Aux éditions Les Humanoïdes associés

FOLIGATTO
Texte d'Alexios Tjoyas
LE BIBENDUM CÉLESTE
3 TOMES

Aux éditions PLG

NICOLAS DE CRÉCY.
PÉRIODES GRAPHIQUES
Texte de Jean-Marc Pontier

Aux éditions Cambourakis

LE ROI DE LA PISTE

Aux éditions du Regard/IFM

ESTHÉTIQUES
DU QUOTIDIEN AU JAPON
Collectif

ISBN : 978-2-226-43736-5
N° d'édition : 23181/02
N° d'impression : 2
Dépôt légal : octobre 2018
Photogravure : IGS-CP, 16430 L'Isle d'Espagnac
Imprimé et façonné par la Lego à Vicenza (Italie)

« J'ai perdu la trace de mes parents très tôt, je n'avais pas quinze ans. J'étais encore ce que l'on pourrait appeler un bébé fantôme, un bout de chiffon blanc moins large qu'un mouchoir.

Un soir, je me suis laissé porter par le mistral, j'ai vu une vallée, des lumières, la mer. J'ai croisé des animaux que je n'avais jamais vus auparavant, et quelques humains qui ont pris peur.

Je n'aurais jamais dû m'échapper ce soir-là. »

La destinée d'un jeune fantôme au cours d'un siècle guerrier, qui le mènera à s'engager dans la Résistance avant d'éprouver ses premiers émois sentimentaux.

23,90 €

ISBN : 978-2-226-43736-5

9 782226 437365